KB059758

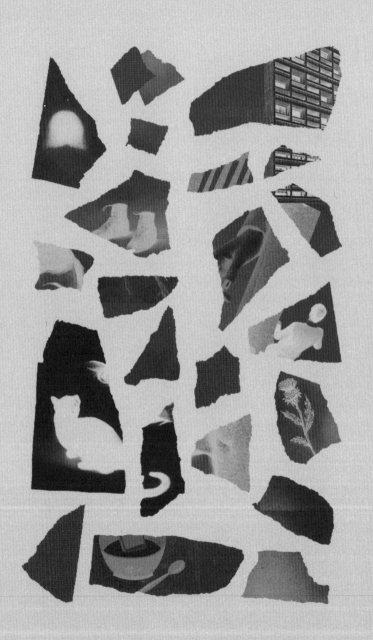

제
레
나
폴
리
스

제레나폴리스

조선수 소설집

 솔

차례

Pull

들판 한가운데 오도카니 있는 Z교도소는 마치 오아시스 같았다. 칠 년 전 교도관 빌이 Z교도소로 왔을 때 샘은 사형수 동에서 지내고 있었다. 샘의 왼쪽 목에는 아주 커다란 흑색 점이 있다. 점은 클 뿐 아니라 오톨도톨하게 튀어나와 있어 몇몇 사람들은 그를 블랙 샘이라고 놀렸다. 그는 그 별명으로 불리는 걸 싫어했다. 밤낮 어정거리는 샘은 옐로우스톤에 서식하는 거대한 초식동물을 연상케 했다. 실제로 그는 소시지나 치킨, 햄버거 등을 거의 먹지 않았다. 그런 사람이 좁은 방에 갇혀 있으니 그 안이 더 좁아 보였다.

일주일 전 샘의 사형 날짜가 확정되었다. 그날이 정해지고 샘은 조금씩 말라가고 있었다. 그리고 무슨 생각에서인지, 샘은 수염을 기르기 시작했다. 보통 동양인들은 나이보다 어려 보이는데 큰 체구 때문인지 검은 점 때문인지 샘은 실제 나이인 마흔아홉 살보다 더 들어 보였다. 그게 큰 변화라면 변화였고 외관상으로 다른 점은 없어 보였다. 머리는 언제나처럼 **빡빡** 밀었다. 아마도 집행 전날에는 저 수염을 깨끗하게 밀어버리겠지. 빌은 잠깐 궁금해하다 곧 생각을 고쳐먹었다. 사는 데 재미가 없으면 죽는 일도 흥미롭지 않다. 사형수 외에도 매일 사고로 죽는 사람이 많은 세상이었다. 트레일러 안에서 죽는다면? 얼굴 근육이 굳어 웃을 수가 없을 때면 그는 문득 이상한 생각을 했다. 사형을 언도받고 이십오 년 동안 감방에서 살다가 자연사하는 사람도 있었다. 교도소 바깥에 있었다면 그렇게 오래 살지도 못했을 것이다.

샘은 하루 스무 시간 독방에서 일하고 있다. 가로 삼 미터, 세로 이 미터 크기의 방에서 혼자 하는 일. 쇠창살이 있는 방 밖으로 나가지 않아도 되는 일을 하고 있다. 무보수에 먹여주고 재워주는 것이 조건이라면 조건이었다. 처음 이 일을 시작했을 때, 그는 들짐승이었다. 그러다 차차 길들여졌다. 살려면 혹은 제대로 죽으려면 어쩔 수 없었다.

밤마다 잠을 설치게 하는 불안감이 사라지면서 몸과 마음이 서서히 가라앉기 시작했다. 어차피 이 안에서 지내야 한다면 있는 동안에는 조용히 있어야 했다. 소란을 떨면 전에 있던 곳으로 보내질지도 몰랐다.

콜로라도의 달 밝은 밤, 불개미 두 마리가 그의 방으로 들어왔다. 한 마리는 그가 모르는 사이에 발에 깔려 죽었다. 다른 한 마리가 샘의 오른쪽 종아리를 물었다. 따끔했다. 좁은 방에서 불개미 한 마리를 피하려고 춤을 추듯 요리조리 움직였다. 침대에 누워도 봤지만 불개미가 기어오를까 봐 계속해서 몸을 꿈지럭거렸다. 피해버리면 되는데 신경 쓰였다. 갑자기 이 상황이 우스웠다. 살인자가 이까짓 개미를 무서워하다니, 개미를 죽여야 하나 말아야 하나 망설이고 있다니. 사소한 일조차 쉽게 결정하지 못하는 자신이 싫었지만 그 또한 어쩔 수 없는 일이었다.

이곳으로 오기 전에 샘이 일했던 곳은 육가공 공장이었다. 거기서 도살된 소의 뼈를 발라내고, 토마호크 스테이크 부위를 멋지게 도려내곤 했다. 이 파운드짜리를 하루에 열다섯 대 이상 만들었다. 그 냄새와 소리를 견디기 위해 마리화나에 손을 대기도 했다. 그때 처음으로 오래 잊고 있었던 사실을 깨달았다. 미역국에 들어 있는 잘게 썬 소고기 몇 점 말고는 자신이 별로 살코기를 좋아하지 않는다는 것과 지금껏 최소한의 고기만 먹고 살았다는 것을.

샘은 방을 서성이다가 화장지 두 장으로 불개미를 꾹꾹 눌러 죽였다. 어떤 전조 같았다. 이가 부서지는 꿈을 꾸다 깬 어느 밤에는 자신의 어금니를 더듬어보았다. 꿈이 아니었다. 실제로 이가 매일 조금씩 부서져 나가고 있었다. 치과에 가는 건 꿈도 꿀 수 없는 일이다. 그냥 더듬더듬 만져볼 수밖에 없었다. 머지않아 이 방에서 나갈 것이다. 벌써 팔 년째다.

Z교도소에서 차로 삼십 분 거리의 포도 과수원 입구에 빌의 집이 있었다. 집이면서 방이기도 한 작은 트레일러에서 그는 포도나무들의 경비원처럼 혼자 살고 있었다. 포도를 지켜야 할 사람이 따로 필요한 것은 아니었지만, 그곳에 자신의 트레일러를 두고 싶었던 빌이 과수원 주인에게 포도 도둑을 핑계 삼아 제안한 것이었다. 여름 한철 외에는 비교적 조용한 그곳에서 그는 포도나무를 바라보며 살았다.

사형수가 되면 독방을 쓴다. 꼭 그것 때문은 아니겠지만 가석방 없는 무기징역형을 사는 죄수들 가운데는 의도적으로 다른 재소자를 죽이는 경우도 발생한다. 사형수가 되기 위해서. 희망 없는 나날을 견디기 힘들어 자살 시도를 하거나 자살하는 재소자도 드문드문 나온다. 그럴 때마다 빌은 혼잣말을 중얼거리곤 했다. 이건 못할 짓인데. 어느 땐 감방 안이거나 쇠창살 밖이거나 구분 없이 재소자와 교도관 둘 다 갇혀 있는 기분이 들었다. 폐소공포증이 있는 사형수가 들어오면 빌은 신경이 곤두선다. Z교도소는 그가 이전에 근무했던 교도소들과는 다르게 현대화된 교정 체계와 비교적 좋은 시설을 갖춘 곳이었다. 사형수들은 대개 조용했다. 형을 선고받은 사람들 중에는 삼십삼 년째 침묵하는 사람도 있었고 그 기다림을 견디다 못해 자살하거나 병사하는 사람도 있었다.

언젠가 동료 교도관이 특별 식사에 얽힌 사연을 말해준 적이 있었는데, 빌은 그때 들은 이야기가 오래 기억에 남아 있었다.

"어떤 교도관이 말이야, 사형수가 원했던 '몰레'라는 아주 까다로운 멕시코 음식을 대충 만들어줬다던가, 준비를 못 해서 부리토를 대신 사다 줬다던가, 아무튼 그 교도관이 사형이 있고 며칠 후 방 안에서 죽은 채 발견됐대. 멀쩡한 사람이었는데 심정지가 왔대. 그냥 자다가 심장이 멈춘 거지. 또 길 가다 포크레인이 갈비뼈를 가격해서 즉사한 사람도 있고. 열거하자면 아주 길어. 그래서 교도관들이 이 일을 꺼려하지. 그네들이 주문하는 음식이 맥도널드에서 사 오기만 하면 되는 종류도 있지만 전혀 아닌 것도 많거든. 아무튼 대충 할 수도 없고, 피할 수만 있다면 절대 다신 맡기 싫은 일이야. 잘해도 찝찝하고 못하면 더 찜찜해지는 일이지."

며칠 전 샘은 몽정을 했다. 휴지 한 장으로 닦아낼 정도의 양이었지만 교도소에 들어온 지 팔 년 만에 처음이었다. 그리고 어제 교도관 빌이 서류를 전해주었다.

샘은 드디어 퇴직 통보를 받았다. 곧 다른 동료가 이 방을 차지하겠지. 그는 눈을 감은 채 깊이 숨을 들이마셨다. 바람결에 꽃향기가 묻어 있었다. 바깥에서 꽃잎이 날아다니는지, 자꾸 눈알이 가려웠다.

그때 스쿨버스에서 한 무리의 아이들이 내리지만 않았더라면 배심원단도 그가 사회에 그렇게까지 위협적인 인물이라고 판단하지 않았을지도 모른다. 아이들이 그 장면을 목격하지 않았더라면, 사건 자체만을 다뤄 정상참작의 여지가 있었을지도 모른다. 사형까지는 안 갔을 수도 있었다. 칼을 쓰는 일만 하지 않았더라면, 그때 친구가 준 좀비 캡슐을 삼키지 않았더라면, 엄마를 따라 미국에 오지 않았더라면. 샘은 이런저런 생각에 빠져 시간을 죽이고 있었다.

그러던 어느 밤, 옆방 동료인 마크가 샘에게 자기 이야기를 들려주었다. 천성이 나약한 마크와는 달리 그의 아내는 사나웠고, 마크는 한 달에 서너 번 아내에게 맞았다. 아내는 흔적을 남기지 않는 방법으로 그를 때렸다. 결혼한 지 이 년이 지난 시점이었다. 이혼 이야기를 하려고 벼르던 중이었다. 어느 밤, 야근을 하고 돌아오니 아내가 냉장고 앞에 쓰러져 있었고, 그 옆에는 포장된 양고기가 널브러져 있었다.

'냉장고가 아내를 때렸다.'

마크는 속으로 중얼거리며 아내를 만져보았다. 아내는 의식이 있었고, 그는 피 묻은 손가락으로 911을 불렀다.

어쩌면 아내는 냉동실 안쪽 크랜베리를 꺼내려다 양고기 뭉치에 맞았는지도 모르겠다. 마크는 언젠가 아내가 냉동된 양고기 덩어리로 자신을 팬 적이 있다고 경찰관에게 진술했지만, 그의 말을 믿는 사람은 없었다. 게다가 냉동실 맨 위 칸에 있던 양고기 지퍼백에는 그의 지문만 묻어 있었다.

"냉장고 안을 채우는 것도 비우는 것도 오로지 제 일이었으니까요."

그가 다시 울부짖었다. 마크의 이야기를 들어주는 사람은 없었다. 양고기에서 그의 DNA가 검출되었고 크랜베리 뭉치에서 채취한 지문이 결정적인 증거였다.

결국 그는 가석방 없는 무기징역형을 선고받았다. 그러다 교도소 안에서 곧 풀려나는 강간범을 죽였다. 그렇게 그는 샘의 동료가 된 것이었다. 목소리 톤도 바꾸지 않고 긴 이야기를 끝내며 마크는 이런 말을 덧붙였다.

"여기서 나가려면 죽는 수밖에 없어."

마크는 참 후련하다며 속삭이듯 말했다. 그리고 이야기를 들어줘서 고맙다고 했다. 샘은 마크를 통해 자신 안에서 울리는 다른 목소리를 들었다.

'나는 진짜 사람을 죽인 사람! 나는 진짜 사람을 죽인 짐승! 나는 진짜 사형수이다.'

그날 밤 이후로 샘은 더는 자신을 괴롭히지 않았다.

2009년 3월 3일, 샘은 콜로라도 연방 교도소에 수감되었다. 2009년 10월 22일, 살인범으로 사형을 선고받고 Z교도소로 이송되었다. 교도관 빌은 서류에서 본 이 내용 외에 샘에 대해 아는 바가 없었다. 샘의 옆방에 있던 마크가 죽고 새로운 사형수가 그 방으로 들어갔다.

2017년 3월 13일은 샘의 사형 집행일이다. 바로 전날인 일요일에 서머타임이 시작된다. 빌은 사형수의 특별 식사에 대한 관습이 곧 없어졌으면 하고 바랐는데, 올해는 그대로 실행될 모양이다. 트럼프 정부가 들어서면서 예산 삭감으로 인한 충돌이 여기저기서 벌어지고 있다. 사형수에게 특별 식사를 제공하는 것 자체가 잘못된 일이라는 이야기도 나오고 있다.

텍사스의 어느 교도소에서 온갖 음식을 주문해놓은 사형수가 마치 담당자들을 골탕 먹이듯 하나도 먹지 않고 사형장으로 간 이후, 그 주에서는 아예 사형수에 대한 예우를 없애버렸다. 2011년의 일이었다. 콜로라도에서는 아직까지 특별 식사를 제공하고 있지만 언제 중단될지 모를 일이었다. 빌은 연민도 안 생기는 극악한 놈들에게는 당연한 처사라고 치부하다가도 이내 마음을 고쳐먹었다.

'이들 덕에 내가 먹고사는 거잖아. 달리 뭘 더 바라.'

어쩌다 빌이 샘의 특별 식사를 차려주기로 했을까. 그 음식을 제대로 준비해주지 않으면 불운이 닥친다는 징크

스 따윈 믿지 않았다.

원칙적으로는 교도소 내의 식당에서 음식을 준비해야 한다는 규정이 있지만, 샘의 경우엔 담당자가 휴가 중이라 어쩔 수 없이 외부 반입이 허용되었다. 교도소장은 그 식사를 맡아주는 교도관에게 보너스를 약속했다. 백 달러 플러스 하루 휴가. 그럼에도 신청자는 아무도 없었다. 결국 교도소장은 교도소에서 제일 가까운 곳에 산다는 이유로 빌에게 그 일을 떠맡겼다. 인종차별 문제로 시끄러운 때라서 동양인 샘에 대한 예우를 과시하듯 보여주고 싶었는지도 모른다. 신문이나 다른 매체에서 그런 걸 문제 삼아 떠드는 인간들이 정말 싫어서일지도 모른다.

서머타임을 시행하는 다음 날, 형 집행이 끝나고 그는 급히 가야 할 데가 있었다. 빌이 제시간에 식사를 준비하고, 예정대로 오전 아홉 시에 시작하면 교도소장은 오후 세 시 비행기에 탑승할 수 있을 것이다. 그날은 그 전 토요일보다 한 시간이 빨라진다는 걸 사형수는 알고 있을까. '3월 둘째 일요일부터 11월 첫째 일요일까지 약 팔 개월 동안 매달 두 명씩 형을 집행한다.' 연방정부에서 그런 말들이 오가는 건 알았지만 정말로 시행할 줄은 몰랐다. 그렇게 해야 새로 들어오는 사형수가 이용할 공간이 생긴다. 그래도 하필이면 왜 서머타임이 시작된 다음 날 형을 집행할까? 시간을 헷갈리기 쉬운 날인데, 사람들은 정시에 올까? 빌은 생각에 잠겼다.

날이 정해지면 그때부터 시간이 알아서 빨리 간다. 하루하루 이 방에서 나갈 날이 다가오면서 샘은 생각이 들끓었다. 불쑥 자신에게 화가 났다.

자신만의 방에 들어온 날을 그는 기억한다. 맘대로 드나들 순 없지만 처음으로 혼자 쓰는 방이었다. 그날 이후 그는 생각을 깊이 하지 않았다. 어쩌면 그때 그는 이미 죽었는지 모른다. 죽은 듯 조용하게 샘은 그 방에서 팔 년 넘도록 붙박여 살게 되었다.

그가 있는 독방은 데드 엔드Dead End인 셈이다. 가장 후미지고 구석진 곳에 위치한 두 방에서 샘과 마크는 각자 그날을 기다리고 있었다. 마크가 했던 이야기보다도 샘은 그의 목소리를 듣는 일이 더 좋았다. 고급 영어를 구사하고 비속어를 거의 쓰지 않는 마크. 샘이 그동안 일한 곳에서는 거의 들어본 적이 없는 말투였다.

무슨 죄목으로 이곳에 왔는지, 교도관 빌이 재소자들에

게 궁금한 점은 그것뿐이었다. 인종이나 문신 여부와 관계없이 그것만 궁금했다. 그가 보기에 샘은 사형수가 될 만한 인물이 아니었다. 물론 마리화나를 했다지만 그건 사람이면 누구나 할 수 있는 거다. 살인죄로 사형선고를 받았지만 만약 샘이 콜로라도에 사는 백인이었다면 사형까지는 구형이 안 되었을 수도 있다고 빌은 생각했다. 샘이 언어가 좀 서툰 데다 자신을 변론할 내적인 진술을 신빙성 있게 발언하지 못해서 결국 항소하지 못한 채 여기 수감된 것이리라. 물론 그가 살인을 했다는 사실이 절대 변할 순 없겠지만, 해석은 달라질 수 있었을 것이다.

빌도 살인 충동을 느낀 적이 있었다. 어머니가 뺑소니 사고를 당했는데, 병원에 바로 가지 못해 돌아가셨다. 나중에 검거된 범인을 때리고 빌은 하룻밤 구치소에 갇혔다. 그 하룻밤 때문에 그는 교도관이 되었는지도 모른다. 어쩌면 자신도 가석방 없는 무기징역형을 받고 여기 있을지도 모를 일이었다. 어느 땐 문득 자신이 샘을 지키는 사람이 아니라 샘이 오히려 그를 지켜보는 사람 같았다.

마크가 그 방에서 나간 후 샘은 점점 말수가 줄어들었다. 다음엔 그가 이 방을 나가야 한다. 옆방에 새로 온 사형수는 목소리가 걸걸했다. 그때부터 샘은 말문을 닫았다.

3월 3일 오전이었다. 교도관이 샘에게 종이 한 장을 건넸다. 3월 13일 아침에 먹고 싶은 특별 식사를 적어내라는 내용이었다. 세세하게 적든지 단어만 나열하든지 간에 음식 비용이 사십 달러 이하라는 단서를 달았다. 그 종이를 받은 후 샘은 생각할 게 많아졌다.

'내가 먹고 싶은 음식을 고르라고? 형태 없는 몸으로 사라지기 바로 전, 내 몸이 먹고 싶어 하는 걸 고르라고? 그것도 사십 달러에?'

금방 지은 흰밥 위에 날달걀을 깨 넣고 참기름 한 숟가락과 간장을 넣어 비벼 먹는 것. 언젠가 동네 결혼식장에서 먹었던 약밥. 누렁소랑 같이 먹었던 풀, 쑥은 생각이 나는데, 다른 것은 생각이 안 난다. 고들빼기, 고사리 같은 걸 고른다면 여기서 해줄 수가 있을까. 그저 하는 말이겠지, 설마 그럴 리가. 그럴 수 없을 것이다.

하룻밤을 고민하다가 제일 먼저 샘은 달걀간장밥을 생각했다. 반찬이 없거나 그가 밥을 잘 안 먹을 때 엄마가 곧잘 만들어준 음식이었다. 일곱 살까지 종종 그걸 먹었지.

두 번째 기억나는 것은 제사 비빔밥이었다. 제사를 지내고 나물들을 넣고 한데 비벼 먹던 밥이다. 미리 먹어보는 거지. 고사리와 도라지를 어디서 구할 수 있을까. 그리고 고사리를 물에 불려 데쳐서 제대로 만들 수 있는 미국 사람이 있기나 할까.

세 번째로 먹고 싶은 음식은 캐비어다. 그 한 캔에다 크래커 한 팩만 있으면 휴가를 떠나는 아침, 가벼운 식사로 충분할 것 같았다.

3월 6일까지 음식 이름을 제출해야 한다고 교도관이 말했다. 샘은 숙제를 받아든 기분으로 세상에서 죽기 전날 자기가 먹고 싶은 음식을 고를 수 있는 사람은 사형수밖에 없을 거라는 생각을 하며 하루를 마쳤다.

다음 날 아침, 샘은 문득 풀을 생각했다. 오랫동안 잊고 있었던 단어. 풀만 먹고 어떻게 살아? 사람들이 종종 말하는 그 Pull.

"풀만 먹고 살 순 없잖아. 그래서 미국으로 온 거야."

엄마는 주방에 선 채 스테이크를 먹었다. 풀은 잊었다. 슈퍼마켓에서 파는 것은 채소일 뿐, 땅에서 푸릇푸릇 돋아나던 풀은 아니었다. 풀은 잊어야 했다. 그때는 자신이 미국인이 되는 일이 그렇게 힘들 줄 몰랐다. 그를 어렵게 미국으로 데려왔던 엄마도 몰랐을 것이다. 아들을 데려오기 위해 먼저 미국으로 떠난 엄마는 온갖 일을 다 했다. 거기까지가 끝이었다. 그가 미국에 온 다음부터 엄마는 변했다. 그는 아홉 살이었다. 미국에 오기 전 이 년 동안에는 누구와 살았는지 기억을 못 할 정도로 집을 옮겨 다녔다.

3월 6일 오전 열 시쯤이었다. 샘이 빌에게 먼저 말을 걸었다.

"교도관님, 오래전 한국에서 어릴 때 먹었던 거라 뭐라고 하는지 모르겠는데, 혹시 검색 좀 할 수 있을까요?"

빌이 샘에게 아이패드를 건넸다. 샘은 한참 화면을 들여다보았다.

"이거 같아요. 아니, 틀림없이 이거 맞아요. 영어로 뭐라고 부르는지 아세요?"

빌은 처음 보는 풀이었지만 어디선가 본 것 같기도 했다. 알쏭달쏭하다.

"영어로 발음하기는 어려운데, 우리 엄마는 먹을 수 있는 모든 채소를 나물이나 풀이라 불렀죠. 숲길에서, 밭둑에서, 길가에서, 산소 아래에서, 어디서 자랐든 상관없이 거의 모든 풀이 엄마에게는 먹을거리였어요. 데친 풀에다 된장을 넣어 손으로 조물조물해서 금세 나물로 만들었어요. 간혹 독성이 있는 풀들이 있었는데 그건 또 기차게 알고 안 뜯었어요."

샘이 모처럼 긴 문장으로 말했다. 나물을 못 먹는다고 형 집행일이 바뀌는 건 아니었다. 샘도 그쯤은 알고 있을 것이었다. 그런 일은 있을 수 없었다. 정해진 날짜에 정해진 장소에서 정해진 사람들이 지켜보는 시간에 죽는 일이 그가 독방을 쓰는 대가였다.

다른 교도관들처럼 빌도 특별 식사에 관한 사진들을 본 적이 있었는데, 그때 그들이 고른 음식과 샘이 요구한 것은 아주 달랐다.

엉겅퀴나물thistle herb. 한 번도 보지 못한 것이 여기에 있었다. 샘도 그들과 같은 처지다. 캐비어, 연어, 초밥 등에서 고를 거라고 예상했다. 처음에는 '풀이라니, 풀을 먹겠다고, 그날의 음식으로 고작 잡초 같은 풀을 먹겠다니' 하고 생각했다. 하지만 그가 선택한 음식은 그의 몸, 자신의 과거 전체였다.

사형수들의 입맛과 취향이 변해가고 있다. 재작년에는 스타벅스에서 파는 프라푸치노 한 잔을 주문한 사람도 있었다. 이른바 정크푸드라고 일컫는 지방이 많은 음식 종류를 피하고 가볍고 비싼, 비교적 준비하기 편한 캐비어나 랍스터 종류를 주문하는 사람이 많아졌다. 그럴 때는 전화를 걸어 주문하고 찾으러 가거나 구십 마일 정도의 거리에 있는 Q마트에 가서 사 오기만 하면 되었다. 여러 종류의 음식을 다 원하는 이들도 있었다. Q마트 근처에는 패밀리 레스토랑과 맥도널드도 있어 한꺼번에 다 살 수가 있었다. 모두 구십 마일 내의 거리, 사십 달러 이하에서 가능한 일이었다.

사십 달러라는 금액이 Z교도소에서 사형수 한 사람에게 책정한 마지막 식비다. 그 한도 내에서 빌은 샘이 주문한 음식을 마련해야 한다.

미주리 어떤 지역이었을 것이다. 아홉 살이던 해, 샘이 이 년 만에 공항에서 만난 엄마와 새아버지 집으로 가는 길이었다. 가도 가도 끝없는 들판이었다. 차 안에서 정신없이 자다가 그는 냄새 때문에 깼다. 수만 마리 소떼들이 들판에 있었다. 머리가 띵할 정도로 냄새가 심했지만 들판에는 활기가 넘쳤다. 엄마를 만나러 오기 전 그가 집에서 먹던 풀은 누렁소가 뜯었는데, 여기선 덩치가 어마어마한 소들이 풀을 뜯고 있었다. 한쪽에서는 먹고 다른 한쪽에서는 배설하고 또 다른 쪽에서는 자고 있었다. 비가 오면 저 소들은 어디서 자는 걸까. 자다 깨 그는 생각했다. 가도 가도 온통 소떼였다. 끝도 없이 지평선까지 온통 해바라기로 가득한 장면을 본 기억이 떠올랐다.

아무리 살기 힘들더라도 소를 해체하는 작업 따윈 하지 말걸. 그럼 이 방에 안 올 수도 있었다. 언제나 결정을 못 하고 갈팡질팡하는 우유부단함 때문에 그는 살인범이 되었다.

샘은 이제 칼을 쓸 때의 손놀림이 더는 생각나지 않았다. 아주 먼 옛날의 이야기 같다. 먼 곳은 생각나고 가까운 곳은 자꾸 잃어가는 병을 앓고 있는걸까. 파독 간호사였던 어떤 할머니가 치매에 걸린 후, 몇십 년 동안 유창하게 했던 독일어를 죄다 잊어버리고 오랫동안 쓰지 않았던 한국 말을 구사했다는 이야기처럼. 독방에 격리된 사형수들은 대개 얼굴 근육이 굳어 있다. 소 해체 작업을 마친 동료들이 떼 지어 테이블에 둘러앉아 핏물이 배어 나오는 스테이크를 썰어 먹는 광경을 매일 바라보는 건 고역이었다. 고흐의 그림이 떠올랐다. 전등 불빛 아래에서 김이 나는 삶은 감자를 나눠 먹는 농부 가족의 모습이. 샘은 일을 마치고 나면 샐러드 한 접시와 빵, 아니면 오트밀 죽만 먹었다. 스테이크를 주식으로 하는 사람들 틈에서 지내는 일이 뼈를 가르고 살을 발라내는 냄새만큼 힘들었다. 그냥 풀만 먹더라도 엄마와 살았어야 했다.

교도소에서는 'Pull'을 할 수 없다. 문은 반자동문이다. 누군가 문을 열어주거나 닫아줘야 방 밖으로 나가거나 방 안으로 들어올 수 있다. 뉴저지에 있는 한 초등학교에서 샘이 처음 배운 단어가 'Pull'이었다. 문을 여닫을 때 주의할 점에 대해 선생님이 말했다. 샘은 'Pull'이 좋았다. 'Pull'의 손잡이를 잡아당기며 'Pull'을 통과하면, '풀'이 나타났다 사라졌다. 그 풀 때문에 샘은 미국으로 보내졌다. 그는 'Pull'을 볼 때마다 작은 소리로 '풀 풀' 읊조리곤 했다. 그러면 어느 날인가 마법이 일어나 외할머니 산소 앞의 풀밭으로 돌아가 있을 것 같았다. 학교 안에는 잔디가 가득한 풀밭이 여러 군데 있었지만 그 잔디는 풀이 아니었다. 잔디는 먹을 수 없으니까. 누렁소와 벌렁 누워 있던 풀밭이 그리웠다. 커다랗고 순해빠진 눈으로 끔벅끔벅 그를 바라보던 누렁소.

샘은 자신보다 먼저 떠난 사람들을 기억해보았다. 사람들은 일하다가 죽었다. 어떤 친구는 배스 솔트*를 팔다가 죽었고, 어떤 친구는 초고층 빌딩에서 유리창을 닦다가 죽었고, 엄마는 그가 열일곱 살 때 창문이 없는 방에서 다림질을 하다가 죽었다. 화재로 인한 질식사였다. 심장이 두 개라 몸에서 열이 나 더워 죽겠다던 엄마는 임신 칠 개월

째였다. 그가 미국에 온 지 팔 년이 지난 뒤의 일이었다. 미국인 새아버지는 그를 보살펴줄 형편이 안 되었다. 그는 엄마와 알고 지내던 사람들 집을 전전하며 살았다. 새아버지 덕에 시민권을 취득했지만 이후의 시간을 돌이켜보면 차라리 시민권이 없어서 추방당하는 게 좋았을지도 모른다.

그도 결국 일하다가 죽을 것이었다. 가로세로 꽉 막힌 '빵'에서 자꾸 서성이다가 멈춰버리는 일. 안절부절못하고 한국말로 중얼거려도 누구 하나 알아들을 사람이 없는 이 말도 안 되는 공간이 그는 한편으로 좋기도 했다. 정확한 영어 단어로 대화한다고 서로 통하는 것도 아니었다. 무성한 말만 오갔을 뿐. 소통은 없었다. 초등학교 시절만 빼곤 죽 그랬다.

잠이 오지 않는 밤이면 풀 냄새가 그리웠다. 그는 누렁소가 먹는 풀을 같이 먹는 시늉을 한 적도 있었다. 누렁소가 돼보듯이, 풀이 돼보듯이. 그는 풀 속에서 자랐다. 아홉 살 때 버릇처럼 'Pull'이라는 단어를 들으면 '풀'이 먼저 생각났다.

생각이 많아지는 밤이다. 살인자가 되던 순간, 그 장면은 어두운 곳으로 가라앉아 버렸고, 그 엄마, 풀 속의 진짜 엄마와 한국에서 살 때가 떠올랐다.

"우리 엄마가 잘 키우고 있네."

외할머니 산소에서 쑥, 씀바귀, 엉겅퀴 들을 뜯으며 엄마는 혼잣말하듯 말하곤 했다. 그는 그 풀을 먹고 자랐다.

풀 먹은 소를 잡는 콜로라도의 한낮, 피 냄새에 눈이 시리고, 뼈가 발골되는 소리에 귀가 아파 그는 칼을 든 채 거리로 뛰쳐나갔다. 안경에 핏물이 튀었다. 약에 취해 아무것도 보이지 않았다.

미국에서 먹었던 음식은 생각나지 않고, 풀 생각만 났다. 영어를 잊어버린 것도 아닌데 엉겅퀴, 씀바귀, 쑥 같은 이름들이 거짓말처럼 떠올라 좁디좁은 방 안을 불개미처럼 풀풀 따라다녔다.

그날의 음식을 준비할 때 담당자가 꼭 지켜야 할 규칙이 있다.

조리한 지 이십사 시간 이내의 음식만 제공한다. 교도소 내에서 자체 준비할 수 없는 음식은 외부에서 반입 가능하다. 그 경우에도 사십 달러를 초과해서는 안 된다. 맥도널드, 버거킹, 켄터키프라이드치킨, 다이너스, 웬디스, 던킨, 칠리스, 스타벅스 등에서 구입 가능하다. 단, 배달은 불가능하고 담당자가 테이크아웃해서 지정된 곳으로 가져와야 한다. 상할 위험이 있는 음식이나 특정 알레르기를 일으킬 수 있는 종류는 절대 반입 금지다. 플라스틱 식기류를 사용하되, 스테이크나 스튜 등에 한해서는 도자기 그릇을 일시적으로 허용한다.

3월 12일 일요일 오후, 빌은 결국 샘이 원했던 음식을 준비하기 시작했다.

엉겅퀴나물과 식혜 한 잔.

그는 블로그와 동영상을 보고 포도 과수원 뒷산 바위틈에 끼어 있는 엉겅퀴를 어렵사리 찾아냈다. 바짝 말라 있어서 캐내는 것이 힘들었다. 식혜는 Q마트에서 샀다. 식혜라는 음료를 본 것은 처음이라 그는 팔 온스들이 두 캔을 샀다. 엉겅퀴는 구할 수 있었지만 참기름과 된장은 가격이 비쌌다. 겨우 초밥 코너 담당자에게 부탁해 일본산 미소된장을 반 컵 샀고, 참기름은 작은 튜브에 든 걸로 한 개 샀다. 십사 달러를 지불하고 트레일러로 돌아왔다.

먼저 엉겅퀴를 물에 담갔다. 흙물이 빠지는 동안 엉겅퀴 데치는 법을 검색했다. 동영상으로 보는 조리법 중에서 가장 손쉬운 걸로 해볼 참이었다. 그는 언제나 슈퍼마켓에서 파는 포장 채소를 씻지 않고 먹었다. 흙물이 빠지는 걸 확인한 그는 조리법을 되뇌었다. 채소는 파는 것만 먹을 수 있는 줄 알았다. 포도는 과수원에서 그냥 따서 먹어본 적도 많았지만 포장이 되지 않은 채소를 자신이 직접 다듬게 될 줄은 몰랐다. 소금과 참기름으로만 무치는 법도 있었고, 된장과 참기름과 마늘로 무치는 법도 있었고, 된장과 참기름만으로 만드는 법도 있었다. 이 중에서 그는 가장 간단하고 냄새가 안 나는 걸로 정할 참이었다. 일회용 그릇에 담아온 미소 된장 냄새는 어떨까. 따로 계산한 일회용 용기 영수증을 어디에 뒀더라. 사십 달러 정산에 포함시켜야 하는데. 미소 된장 냄새는 강하지 않았다. 마지막으로 빌은 미소 된장과 소금과 참기름을 사용해 엉겅퀴 나물을 만들기로 정했다. 흙물을 제거하고 끓는 물에 데치고 데친 채소의 물기를 제거한 후 소금, 참기름, 미소를 넣고 잘 섞었다.

사형수가 되고서야 샘은 비로소 알게 되었다. 잘 맞지 않는 것처럼 느끼고 살았지만 의외로 삶은 맞아떨어진다. 꿰맞춘 듯.

설마 빌이 그 음식을 만들어줄 거라고는 믿지 않았다.

"난 지금 심장이 두 개라, 안 추워. 너나 이불 잘 덮고 자

라. 아침에 보자. 어, 동생이 움직여 샘, 지금!"

늦은 밤 일하러 가면서 엄마가 샘에게 남긴 말이었다. 두 꺼운 원피스가 불쑥불쑥 움직였다. 엄마는 그의 손을 부른 배에 대며 웃었다.

스코틀랜드 사람들은 엉겅퀴를 나라를 구한 꽃으로 여긴다고 했다. 13세기에 일어난 덴마크와의 전쟁에서 스코틀랜드인들이 엉겅퀴 가시를 이용해 승리한 역사 때문이었다. 들쭉날쭉한 가시 모양의 엉겅퀴에, 미소 된장 냄새와 참기름 냄새를 더해 엉겅퀴나물이 완성되었다. 빌은 엉겅퀴나물을 보냉 용기에 넣어 냉장고에 보관했다. 원래 저녁에 Z교도소로 가려고 했는데, 요리하는 데에 오래 걸렸다. 그는 내일 새벽 일찍 출발하기로 마음먹었다. 샤워를 마치고 침대에 눕자마자 잠에 빠졌다.

빌은 다음 날 오전 네 시 오십오 분에 일어났다. 정말 그 시간이 그저께처럼 오전 세 시 오십오 분인가, 그는 확인하지 않았다. 핸드폰이 오래된 기종이라 버튼을 눌렀다가 다시 켜야 비로소 한 시간 빨라지게 된다. 잠이 덜 깬 채 빌은 어제 냉장고에 넣어놓은 보냉 용기를 꺼내 서둘러 트레일러 밖으로 나갔다. 아침 식사 시간은 여섯 시 삼십 분이다. 한 시간 전에는 도착하여 확인받아야 했다. 따로 누군가 시식하지는 않았지만, 반드시 니들 디텍터는 통과해야 했다. 언젠가 사형수가 요청한 딸기에 바늘 조각이 들어 있던 사건 이후로 그 검사는 필수였다. 독극물 테스트는 따로 하지 않을 것이다.

엉겅퀴나물을 구하다 빌은 알게 되었다. 엉겅퀴는 샐러드, 수프, 튀김 등의 재료로 쓰이고 그 뿌리는 차로 만들어 마신다는 것을! 그는 평생 엉겅퀴차를 마신 적이 없었다. 그런데 엉겅퀴를 찾다 보니 트레일러 근처 포도 과수원 뒷산과 그 근처 목초지에서도 자생하고 있었다. 좀 이른 철이라 그런지 덜 자란 듯도 했다. 그 엉겅퀴차는 자신의 나라에서도 팔고 있었다.

이 속도로 운전해 간다면 샘이 아침을 먹기 한 시간 전까진 도착할 수 있을 것이다. 빌은 오른편 좌석의 보냉 용기 가방을 다시 만져봤다.

옅어지는 어둠 속에서, Z교도소로 향하던 빌은 가시를 피해가며 요리한 엉겅퀴가 한 사람을 사라지게 만들 아침 식사라는 사실이 이상하게 느껴졌다. 빌은 속도를 냈다. 살지 못한 한 시간을 따라잡으려는 듯. 하지만 어디론가 사라진 그 한 시간을 어림짐작이나 할 수 있을까. 이제 한 사람이 세상에서 사라지고 시간은 다시 나타날 텐데. 그리고 또 풀이 청청하게 돋아날 것이다.

그날 아침 샘은 조금 늦게 일어났다. 다섯 시인 줄 알았는데 여섯 시가 넘어 있었다. 그리고 그날의 음식을 받았다. 노란 플라스틱 식판에 식혜와 풀이 있었다. 누렁소랑 먹던, 엄마가 무쳐주던 풀인가? 숨이 살아 있다. 방 밖에서 빌과 그의 동료 몇몇이 샘을 지켜보고 있다. 그는 망설이다가 플라스틱 포크를 들었다.

• 배스 솔트
합성 카티논은 2010년대에 미국과 영국의 젊은 층에서 유행한 신종 마약이다. 소금 입욕제와 유사하게 생겨 주로 배스 솔트라는 은어로 불린다. 환각 증세로 좀비 같은 행동을 하게 한다는 점에서 좀비 마약으로도 불린다. 2012년 배스 솔트를 복용한 남성이 노숙자의 얼굴을 물어뜯은 마이애미 좀비 사건이 발생하면서 알려졌다. 이를 과다 투약하면 자신의 행동을 통제하지 못하고, 자신이 저지른 행동을 기억하지 못하는 증상을 겪는다. 폭력성과 공격성을 유발하는 것은 물론 LSD, 엑스터시보다 환각성이 강력하다.

제
레
나
폴
리
스

분명 어제와는 다른 날이었다. 매미가 짖었다. 방 안을 기웃거렸다. 방충망을 뚫고 삼십칠 층 아파트 안으로 들어올 듯 맹렬하게 짖어댔다. 매미가 왔어요. 갑자기 거실에 스피커를 틀어놓은 것 같았다. 방충망에 붙어서 집 전체를 뒤흔들었다. 그러다 매미 소리가 딱 그쳤다. 순식간에 창턱에 올라선 고양이가 매미와 대적하고 있었다. 둘이 눈싸움을 벌이는 듯했다. 고양이가 앞발을 들자 이윽고 매미는 사라져버렸다.

몇 분 지나면 친구들이 올 것이다. 친구 셋이 한 달에 한 번씩 만나 같이 영화도 보고 술도 마신다. 이 년째 계속되는 그녀들과의 약속이다. 그때그때 있었던 일들을 시시콜콜히 이야기하며 셋이서 소주 두 병을 소비하는 모임. 평일 저녁에는 보통 친구를 만나지 않는데 오늘은 여느 날과 다른 날이었다. 메이가 퇴근하는 시간에 맞춰서 친구들이 이곳으로 오기로 했다. 며칠 전 메이는 레스토랑 쿠폰까지 미리 챙겼다.

저녁을 먹고 카페에서 커피를 마시면서 친구들의 선물을 풀고 열한 시쯤 헤어지면 되겠지.

오늘이 평소와 같은 날이었다면 그랬을 것이다. 이제껏 제레나폴리스에서 친구들과 만난 적은 없었다. 일하는 장소에서 동료들 외에 다른 사람을 만나는 것은 처음이다. 생일인 사람이 그달의 모임 장소를 정하는 것이 규칙이었다.

메이는 핸드백을 뒤져 아파트 키를 꺼냈다. 오늘은 화요일이다. 수요일 새벽에 그 사람들이 돌아온다. 3707호 사람들. 메이는 다시 센서 키를 만져보았다. 월요일부터 금요일까지 핸드백에 넣고 다니면서 하루에 한 번은 꺼내 썼는데, 오늘은 촉감이 다르다.

여섯 시 삼십 분이 지났는데도 초대한 친구 누구도 나타나지 않았다. 메이는 다시 센서 키를 꺼냈다. 센서 키에는 일련번호가 있다. 하우스키핑 팀장에게서 키를 받고 그 번호를 휴대폰에 저장해두었다. 키를 분실했을 때는 즉시 경비 팀에 신고하라고 하우스키핑 팀장은 말했다. 메이는 핸드폰을 꺼내 3707호를 검색했다. M2Y410931라고 저장해놓은 일련번호를 복사해서 자신의 메시지에 임시 저장해두었다. 쓸모가 있을까, 그런 생각을 하지는 않았다.

아무것에도 집중할 수 없는 상태가 하루에 한 번은 꼭 찾아왔다. 눈 속이 꺼끌꺼끌했다. 일 년 전 어느 날부터 시작된 증상이었다.

카페에는 빈 좌석이 많았다. 퇴근할 무렵 지나치다가 카페 안을 들여다보면 사람들이 꽉 차 있었는데, 그것도 다른 날과 달랐다.

고양이는 왜 자꾸 사라지는 것일까.

여섯 시 오십오 분, 현주가 나타났다. 짧은 커트 머리에 미니스커트, 보라색 하이힐을 신고 왔다. 현주를 볼 때마다 메이는 언제나 깨끗한 그녀의 피부가 부럽다. 잠도 잘 자고 연애도 잘하는 현주. 대학을 졸업한 후부터 줄곧 칠 년을 백수로 살아가고 있다.

"민지 아직 안 왔네, 먼저 와 있겠다고 했는데. 미안."

현주가 의자에 엉덩이를 살짝 걸치며 말했다.

"네가 말한 레스토랑 쿠폰은 챙겼는데, 입주민 키 있으면 할인되니까, 다른 데서 테이크아웃해서 먹을까? 그럼 더 쌀지도 몰라."

현주가 쇼핑백을 테이블 위에 올려놓으며 대답했다.

"민지 오면 물어보지 뭐. 근데 그럴 장소가 있어? 여기 제
레나폴리스 몰 위층은 아파트잖아. 아무나 못 들어갈 텐데."

메이가 뜸을 들이다가 말했다.

"들어갈 수 있다면……"

핸드백 안의 센서 키를 만지작거리며 메이가 물었다.

"갈 생각 있어?"

"뭐 것도 나쁘진 않지."

현주가 고개를 갸우뚱하며 말했다.

메이가 의자에서 일어났다. 카운터로 가서 아이스티 두
잔을 주문했다. 현주에게 물어보지도 않고 결정했다. 현주
는 아무 말이 없었다. 현주는 오늘이 메이의 생일이라는
사실만 기억하고 있을 것이었다. 일 년 전 메이는 생일 당
일에 친구들을 만나지 않았다. 그 전날 셋이 만나 치킨과
맥주를 먹었다. 그리고 밤늦게 집에 들어갔다. 생일 아침
은 따로 먹더라도, 저녁은 당연히 엄마와 둘이서 먹는다고
시간을 비워두었다.

메이는 아이스티를 홀짝이며 현주의 구두를 보았다. 펄
이 들어간 보라색이 현주가 입은 아이보리색 미니스커트
와 잘 어울렸다. 아이스티를 홀짝이던 메이가 갑자기 의자

에서 일어나 가방을 챙겼다. 현주도 덩달아 일어섰다.

"우리가 먼저 주문하고 민지를 기다리자."

이 주상복합아파트의 입주민인 것처럼 메이가 센서 키를 목에 걸며 말했다.

"이거 있으면 할인 돼."

그들은 바로 옆에 있는 샐러드 가게로 갔다. 연어 샐러드를 사고 치킨집에서 핫 윙과 맥주를 주문했다. 피자 포장을 기다리며 현주는 민지에게 문자를 보냈다. 현주와 민지가 문자를 주고받는 사이 피자가 나왔다. 메이는 피자 박스를 손바닥에 받쳐 들었다. 따스했다. 아파트 입구에서 둘은 민지를 기다렸다. 꽃무늬 원피스를 입은 민지가 손을 흔들며 다가왔다. 오늘따라 민지의 눈이 더 커 보인다. 마치 고양이의 눈 같다.

민지가 케이크 상자를 흔들며 메이에게 말했다.

"난 아직 서른둘인데, 넌 한 살 더 먹네. 이거 우리 집에서 가장 잘 팔리는 거다. 근데 우리 어디 가?"

메이가 센서 키를 흔들며 말했다.

"꼭대기 층."

민지가 다시 물었다.

"우리도 올라갈 수 있어? 그 집에? 너 일하는 데 가는 거지?"

메이는 대답 대신 센서 키를 아파트 출입구 창에 갖다 댔다. 문이 열렸다. 경비에게 까딱 고개를 숙이더니 메이는 지하 일 층 엘리베이터로 그녀들을 데리고 갔다. 엘리베이터 안에서 셋은 소리를 내지 않았다. 다른 입주민들이 타고 있었다. 커다란 개를 안은 여자가 삼 층에서 탔다. 반바지를 입고 귀걸이에다 머리띠를 두른 남자와 골프 가방을 멘 여자가 있었다. 셋은 엘리베이터 층수가 변하는 것만 바라보았다. 개의 털이 맨다리에 닿기라도 한 듯 현주의 몸이 움츠러들었다.

꺼끌꺼끌한 고양이의 혀. 고양이는 끊임없이 자신의 털을 핥았다. 아주 가끔 그 혀가 메이의 손등을 핥을 때면 날카로운 것이 지나가듯 쓰라렸다.

센서 키를 현관문에 가져다 대기 전, 메이는 잠시 멈칫했다. 현주와 민지는 그녀의 뒤에 바짝 붙어 있었다.

"여기 끝내주네."

문을 열자마자 현주가 고함치듯이 말했다.

"와, 백화점 지하에서 케이크 파는 것보다 훨씬 낫네. 한강이 보이는 전망 좋은 카페 같다!"

민지도 따라 말했다.

메이는 냉장고 문을 열고 케이크 상자와 맥주를 넣었다.

그리고 냅킨꽂이에서 냅킨을 뽑아 식탁 위에 세팅을 시작했다. 포크와 나이프를 싱크대 서랍에서 갖다놓고 그 옆에 은 젓가락도 놓았다. 냉장고 안에서 블루베리 주스를 꺼내고 체리와 파파야를 내놓았다.

"그렇게 막 먹어도 돼?"

민지가 물었지만 그 말을 못 들은 듯 메이는 과일을 씻고 잘라서 커다란 흰색 접시 위에 담았다. 현주는 거실을 살금살금 걸어 다녔고, 텔레비전 옆 장식장에 있는 오너먼트를 하나하나 들어서 살펴보고 있었다. 민지에게 손님용 화장실을 알려준 후, 메이는 다용도실 선반에서 와인 한 병을 꺼냈다. 몇 달 전 3707호 여자가 너무 많아 처치 곤란이라면서 그녀에게 준 와인이었다.

메이는 3707호 여자에게서 무엇을 받든 그날 즉시 집으로 가져가지 않는다. 월수금은 오전, 화목은 오후 시간에 3707호에서 일했다. 3707호 여자는 수요일 오전에만 집에 있었다. 메이가 오면 커피를 같이 마시고 곧바로 사라졌다. 무슨 일을 하는지 어디로 가는지 묻고 싶었지만 메이는 그럴 틈이 없었다. 일주일에 한 번 잠시 얼굴을 볼 뿐이었다. 여자는 커피를 마시며 메이에게 줄 물건이나 그 주에 해야 할 일들을 이야기했다. 드레스 룸에 있는 상자에 대해서도 언급했다. 풀지 말고 그냥 그 자리에 그대로 두라고 했다. 그러는 중에 와인도 받았고, 사놓고 전혀 사용하지 않았다는 핸드백도 받았다. 수요일 오후에 다른 집에 약속이 돼 있으면 더욱이 받은 물건이나 음식물을 가지고 나올 수 없었다. 다른 집 일이 끝난 뒤에 받은 것들을 챙기러 3707호에 들른 적도 없다. 일하는 시간 이외에 이 집 문을 열고 들어온 것은 오늘이 처음이다.

지난 목요일 오후 다섯 시쯤이었다. 고양이 사료와 물의 양이 그대로인 걸 발견했다. 방 네 개를 살펴보았지만 고양이는 보이지 않았다. 옷장 속에 숨어 있는 걸 찾아낸 기억이 나서 선반 위 옷들 사이를 뒤적여 보았지만 없었다. 퇴근 시간 직전에야 메이는 고양이를 찾아냈다. 고양이는 메이가 전혀 상상하지 못한 엉뚱한 곳에 있었다.

3707호 고양이는 우아했다. 정해진 사료 이외에 다른 걸 탐하지도 않았다. 고양이에게 먹이를 줄 때마다 그녀는 매일 똑같은 걸 먹는 고양이가 신기했다. 메이가 비스킷을 먹을 때면 2909호 개는 언제 어디서든 쏜살같이 달려와 그녀를 핥으며 무릎에 몸을 비벼댄다.

"그거 먹어도 되는 거야?"

민지가 다시 물었다. 대답 대신 메이는 한입 크기로 자른 파파야와 체리를 커다란 접시에 담아 식탁 위에 놓고 와인 잔을 그 옆에 두었다. 블루베리 주스, 연어 샐러드, 핫 윙, 생맥주, 와인 그리고 피자와 생일 케이크. 식탁이 화려했다. 피자는 아직 따스했다.

"연어 샐러드 말고 시저 샐러드를 시킬걸."

핫 윙을 씹으며 현주가 말했다.

"노래도 안 부르고 먹기부터 했네. 좀 천천히 먹자."

민지가 말했다.

"따스한 게 고양이를 만지는 것 같네."

메이가 피자를 입에 넣으려다 말고 중얼거렸다.

"고양이가 어쨌다고?"

민지가 물었다.

"아니, 고양이가 숨은 것 같다고."

"아까 화장실 갈 때 보니까 방 안에 캣타워가 있던데, 어떤 고양이야?"

다시 민지가 물었다.

"집에 그게 있다고!"

"어떡해. 이쪽으로 못 나오게 해!"

고양이란 소리를 듣기만 해도 소름이 돋는 것처럼 현주가 어깨를 움츠리며 말했다.

"핫 윙과 생일 케이크, 조합이 이상해."

민지가 젓가락으로 샐러드를 먹으며 중얼거렸다.

"텔레비전 좀 켜."

현주가 팔십오 인치 스마트 텔레비전을 가리키며 말했다. 텔레비전을 켜자 요리 채널이 나왔다. 앞치마를 두른 남자가 치즈 오븐 스파게티를 만드는 중이었다.

"저거 만들어 먹자. 좋은 오븐도 있는데."

식탁 의자에서 일어나며 현주가 말했다.

"만들어 먹긴, 귀찮게. 이거 싫으면 다른 거 시켜 먹자."

금방이라도 배달 앱에 연결하려는 듯 핸드폰을 만지작거리며 민지가 말했다.

고양이는 원래 음식을 싫어하는 종족인가. 메이는 여전히 그 생각을 하고 있었다.

그새 와인 한 병이 사라지고 맥주 세 캔을 비우는 중이었다. 메이가 일어나 가스레인지 앞으로 가더니 오븐을 켰다.

"예열 시간 칠 분! 까짓것 치즈 오븐 스파게티 해보자."

현주가 대꾸했다.

"뭐, 피자보다는 스파게티가 낫더라."

셋은 아일랜드 조리대 앞에 섰다. 싱크대 서랍에서 앞

치마를 꺼냈다. 색상과 패턴이 다른 앞치마 다섯 개가 있었다.

메이는 수납장을 열어 홀 토마토 통조림, 스파게티 면, 마른 표고버섯 등을 줄줄이 꺼내 조리대 위에 놓았다. 민지가 치즈 오븐 스파게티 만드는 법을 검색했다. 민지는 면을 삶고 현주는 소스를 만들고 메이는 토핑을 준비했다.

준비된 재료들을 직사각형 유리그릇에 담아 오븐에 넣었다. 이제 기다리기만 하면 된다. 밤 아홉 시가 넘은 시각, 그녀들은 연어 샐러드에서 연어, 양상추, 건조 블루베리를 각자 취향대로 골라 먹으며 맥주를 마셨다. 한 가지만 빼면 그럭저럭 괜찮은 밤이다.

그때 인터폰이 울렸다. 민지가 놀라서 메이에게 말했다. "받아."

메이가 인터폰 앞으로 가서 화면을 터치하며 말했다. 네, 누구세요? 경비실인데요. 오늘 방문객 예정 있습니까? 아니요. 여기 누가 오셨는데 바꿔 드립니다. 이윽고 여자 목소리가 들렸다. 나다. 누구신데요. 엄마다. 저는…… 안 계시는데요. 메이가 속삭이듯 말했다. 얼른 열어. 나 화장실 급하다. 몇 호 찾아오셨어요? 메이가 또렷한 목소리로 물었다. 3701호 아닌가……. 방문객 여자가 말했다. 아닌데요. 여긴 3707호입니다. 방문객 여자가 소리 없이 사라졌다.

"놀라지도 않고 그렇게 침착하게 말하니? 꼭 너네 집 같아."

현주가 입술을 삐죽거리며 말했다.

"찾아올 사람 별로 없다고 주인이 말했어. 다들 어디 외국에서 산다고. 낮에 연락 없이 오는 사람은 없을 거라고."

"그래도 어찌 그리 당당해. 뭐, 집주인인 줄 알겠다."

"내 집 같단 생각도 들어. 이 집에서 움직이는 시간이 내 원룸에 있는 시간보다 많아. 내 방에선 아무것도 못 하겠어. 하도 작아서 수면 캡슐 안에 있는 것 같아. 열 달이나 살았는데 집이 집 같지가 않다. 쉬는 날이면 적응이 안 돼 죽겠어."

일 년 전 그날도 메이는 3707호에 있었다. 일하는 중에는 전화를 받지 않는 게 하우스키핑 팀 규칙이었다. 메이는 전철 안에서 전화를 확인했다. 부재중 전화가 아홉 번, 그리고 문자 메시지가 있었다. 메이는 잠이 많아서 출근할 때마다 힘들어했다. 엄마는 잠을 달게 곤히 자는 것이 소원이었다. 잠이 왜 안 와? 엄마가 불면증을 하소연할 때마다 메이는 그 말을 듣는 둥 마는 둥 되묻곤 했다. 생일 아침, 엄마의 방문이 닫혀 있었다. 어차피 아침은 안 먹고 출근하니까 굳이 새벽녘에 잠들었을 엄마를 깨울 이유가 없었다. 소리 나지 않게 조심조심 움직였다.

엄마는 자살이라고 생각할 수도 자살이 아니라고 할 수도 없었다. 평소 마시지도 않던 양주에 수면제를 섞어 마셨다.

메이가 다용도실에서 다시 와인 한 병을 꺼내 왔다. 치즈 오븐 스파게티가 구워지길 기다리는 동안 셋은 따로 떨어져 있었다. 아슬아슬할 정도로 가득 채운 잔을 들고 한 사람은 식탁에서, 한 사람은 소파에서, 한 사람은 아일랜드 조리대 앞에 서서 각자 와인을 마셨다.

메이가 한 번 구운 스파게티 위에 치즈를 덧뿌리며 말했다.

"두 번째 와인이 더 나은 것 같아."

현주가 말했다.

"뭐, 좋아."

"비싼 와인은 아닐 거야. 그러니까 내게 줬겠지."

메이가 말했다.

"안 좋아하는 거라 준 게 아닐까. 맛이 좋은 걸 보면 가격은 비쌀 수도 있어. 뭐 좋아하지 않는 사람에게서 선물받은 것일 수도 있고."

현주가 말했다.

"말도 안 되는 소리. 다른 사람 진심을 그런 식으로 오해하지 말자."

민지가 목소리를 높이며 말했다.

"뭐, 진심? 서로 돈을 주고받는 사이인데, 갑을관계잖아."

현주가 양상추를 우적거리며 민지에게 말했다.

"여기서 갑을이 왜 나와? 넌 직장에 다녀본 적도 없잖아. 돈 때문에 연결된 고리지만 진심이 아주 없을 수는 없지. 다른 사람을 부를 수도 있는데 메이를 부른 것만 봐도 그렇잖아."

민지가 말했다.

"뭐, 메이가 어때서?"

현주가 말했다.

"메이가 어떻다는 게 아니고 많은 사람 중에서 하필이면 왜 메이를 불렀겠어?"

다시 민지가 반박했다.

"하필이라니? 메이 정도면 괜찮잖아. 전문대학도 나오고 뭐, 이런 일 하게는 안 생겼지."

현주가 말했다.

"뭔 소리냐. 이런 일 하게 안 생겼다니. 이런 일 하게 생긴 사람은 어떻게 생긴 건데!"

민지가 싸울 듯 현주의 말을 받아쳤다. 돌연한 일이다. 메이에게는, 현주가 하는 말이 어쩌면 민지가 하는 말 같고, 민지가 하는 말이 현주가 하는 말 같았다. 메이가 그들 사이에 끼어들었다.

"왜 그래들, 오늘 내 생일이야!"

잠깐 있다가 현주가 말했다.

"그러지 말고 뭐, 집 구경 좀 하자. 어디가 안방이야?"

드레스 룸 보여줄까? 메이가 물었다. 안방도 보여줘. 민지가 대꾸했다. 거긴 고양이가 있을 테니 드레스 룸이나 보자. 메이가 일어나 드레스 룸으로 그들을 데리고 갔다. 현주가 문을 열었다. 와, 완전 드라마에서 본 거랑 똑같네. 옷도 많다. 이게 다 한 사람 거야? 이 옷 잡지에서 봤는데, 입고 싶다. 그런데 이 상자들은 뭐야? 고급스러워 보이는데 뜯지도 않았네.

현주는 메이가 대답할 틈도 없이 말했다.

오븐에서 소리가 났다. 메이는 다시 부엌으로 갔다. 오븐용 장갑을 끼고 치즈 오븐 스파게티를 꺼내 식탁 위에 놓았다. 빨리 먹자! 스파게티 그릇을 식탁에 놓으며 메이가 불렀지만 친구들은 드레스 룸에서 사진을 찍고 구두를 신어보느라 정신이 없었다.

메이는 안방 화장실로 갔다. 화장실에 들어가기 전에 있는 옷장을 살며시 열었다. 옷장 안으로 깊숙이 들어가서 왼쪽 행거 아래 상자를 보았다. 상자는 닫힌 듯 열려 있었다. 고양이가 안으로 들어간 후 뚜껑이 스르르 닫힌 것 같았다. 상자는 손잡이 부분이 원래 뚫려 있던 것이다. 공기가 안 통하는 상자는 아니었다. 3707호 고양이는 끊임없이 사라지는 연습을 했다. 완벽한 실종은 고양이가 죽을 때만 이루어지겠지. 모든 고양이가 다 그런 것은 아닐 것이다. 화장실에서 손을 박박 씻고 그녀는 거울 속 자신을 바라보았다. 눈에 핏발이 섰다.

어젯밤 엄마 제사를 지냈다. 그날 이후 메이는 하루에 세 시간쯤, 뚝뚝 끊어지는 토막잠을 자고 있다. 퇴근길에 마트에서 막걸리 한 병, 인절미, 황태, 사과, 바나나, 양초를 샀다. 향을 살까 망설이다가 향냄새가 퍼지면 옆방에서 뭐라 할까 봐 사지 않았다. 밤과 대추와 곶감도 사고 싶었지만 동네 마트에는 없었다. '월요일만 아니라면 어떻게든 갔을 텐데, 미안하다. 계좌번호 보내주라.' 이모에게서 문자 메시지가 왔다. 제사를 끝내고 메이는 인절미, 사과, 바나나를 저녁으로 먹었다.

메이는 친구들이 오늘을 기억할지도 모른다고 생각했다. 작년 생일에 그런 일이 있었다는 사실을 알고 있었고 장례 식장에도 왔으니까, 둘 중 하나는 그에 대해 언급할 줄 알았다.

현주가 부엌에서 메이를 불렀다. 방금 전 말싸움도 잊은 듯 현주와 민지는 맥주를 마시며 스파게티를 먹었다. 현주는 미니스커트 대신 목 둘레가 좁은 롱드레스를 입고 있었다. 민지는 마놀로 블라닉을 신은 채 다리를 들어 올리며 말했다.

"사이즈가 완전 맞아."

"빨리 벗어! 거기 뭐라도 묻으면 귀찮아."

메이는 그 말만 하고, 스파게티는 먹지 않았다.

메이가 거실 화장실을 이용할 때면 어느새 고양이는 그녀를 따라 화장실로 들어왔다. 어느 날 메이는 고양이가 욕조 안에 들어가 있는 줄 모르고 화장실 문을 닫았다. 두 시간은 지났을 것이다. 일이 끝나는 시간에 옷을 갈아입으며 메이는 고양이가 보이지 않는 걸 알아챘다. 그날 이후 고양이는 메이를 따라서 화장실에 들어오지 않았다. 고양이는 아무렇게나 움직이지도 않았고 천천히 조심스럽게 움직였다.

3707호에는 아이가 없었다. 처음 여기 온 날이었다. 안방 침대 끄트머리에 붙어서, 거의 바닥으로 떨어질 것 같던 작은 머리통. 백팔십 도쯤 고개를 돌려서 메이를 쳐다보던 고양이의 눈. 애가 아파서, 안 일어나네. 보통 때 같았으면 이렇게 가만있지 않는데. 3707호 여자가 변명하듯이 말했다.

방 네 개, 화장실 두 개, 다용도실과 베란다를 청소하는 것은 어렵지 않았다. 그녀가 일하는 시간에는 집에 사람이 없으니 일하기도 편했다. 하지만 항상 고양이를 의식해야 했다. 자신을 부른 이유 중에 제일 중요한 것이 고양이를 돌보는 일인 것 같았다. 고양이가 없으면 하는 일이 반으로 줄어들겠지만 메이가 이 집에 올 이유도 없어질 것이었다. 눈에 잘 보이지도 않는 털을 진공청소기로 빨아들이다 털 뭉치가 먼지처럼 방구석에 뭉쳐 있는 것을 보면 그게 꼭 자신의 입을 틀어막을 것 같았다. 배변을 처리하는 것은 힘들지 않았다. 마스크를 쓰고 일회용 장갑을 끼고 오 분 정도 하면 끝나는 일이었다. 그녀가 일하는 네 시간 동안에 딱 한 번만 그 일을 하면 되었다.

"양주는 없어?"

현주가 물었다.

"응."

메이가 냉장고에서 캔 세 개를 꺼내며 말했다.

"아까 그 상자 두 개는 뭐야, 상자를 열어보지도 않고 왜 그대로 두냐?"

현주가 정말로 궁금하다는 듯이 눈을 빛내며 물었다.

"그 안에 뭐가 들어 있는지도 모른 채 그냥 샀다고 하던데, 인테리어 소품처럼 거기 놔둔 거 같아. 언젠가 열겠지."

메이가 질문인지 대답인지 모를 어투로 말했다.

"하긴 뭐 상자만 봐도 작품 같긴 하더라."

현주가 심드렁하게 대꾸했다.

민지는 통통 부은 다리를 테이블 위에 올려놓은 채 소파에서 졸고 있다. 베이커리에서 하루 종일 서서 일을 하다 보면 잘 붓는다고 했다.

고양이는 오븐에서 발견되었다.

마치 뼈가 삭은 듯 말랑말랑한 고양이. 처음부터 상자 속으로 들어간 것은 아니었다. 메이가 화장실을 청소하고 있을 때 그러니까 고양이의 배변을 처리할 때, 고양이는 오븐 속으로 들어갔을 것이다. 그 전날 오후에 오븐을 열어놓은 채로 3707호 사람들이 여행을 갔다. 다음 날 오후 메이가 집에 들어왔고, 식기세척기에 그릇을 넣다가 오븐이 열려 있는 게 보였다. 식기세척기에 세제를 투입하고 버튼을 누른 후 바로 옆에 있는 오븐 문을 닫았다. 오븐 위에 있는 가스레인지는 매일 닦지만 오븐은 매일 닦을 필요가 없었다. 자동세척 기능이 있는 인공지능 오븐이라고 했고, 한 달에 한 번씩 점검과 세척을 했다.

오븐을 닫을 때 그 안을 들여다보지 않은 게 잘못이었다. 고양이 털 색깔이 오븐 색깔과 비슷했다. 메이는 청소하고 세탁기를 돌리고 이어폰을 꽂고 음악을 듣고 있어서 고양이 소리를 듣지 못했다. 아니 들었을지도 모른다. 비좁은 그 속에 너도 잠깐 처박혀 있어. 언제나 우아하게만 보이는 고양이의 기세를 한번 누르고 싶었는지도 모른다. 그런데 그 상태가 너무 오래되었고 그 생각마저 깜박 잊어버렸다. 모든 일은 잠을 못 잔 데서 비롯된 것일지도 모른다. 그 작은 집에서는 도무지 잘 수가 없었다. 고양이는 꼬리와 얼굴을 구분할 수 없을 정도로 몸을 돌돌 만 채 오븐벽에 붙어 있었다. 털 뭉치를 뱉어놓은 듯 오븐 바닥에 토사물이 약간 있었다.

"오늘 니 생일 맞아? 좀 이상해. 말도 없고, 초도 안 켜고

케이크만 먹고 우리 노래도 안 불렀잖아."

현주가 동의를 구하듯 민지를 보며 메이에게 말했다.

"여기까지 데리고 왔으면 뭐 신나게 놀든가. 저 오디오……."

현주가 다시 말했다.

"그만 끝내자."

메이가 접시들을 싱크대로 옮기며 말했다.

"뭐, 아직 열 시인데, 저것 좀 듣고 더 있다 가자."

"어쩌면 여기 사람들이 밤늦게라도 올지 모르고."

현주가 재빠르게 핸드백과 쇼핑백을 챙겼다.

"민지야 우리 다른 데로 가자. 요 아래 갈 데 많던데."

현주는 취했는지 들고 온 쇼핑백을 풀지도 않은 채로 다시 가져가려 했다.

"오늘 너 좀 이상해."

민지가 잠이 덜 깬 듯 부스스한 눈으로 기우뚱거리며 말했다.

"화장실은 이쪽으로 가."

메이가 거실 화장실을 가리키며 말했다. 그녀들이 화장실에 간 동안 메이는 안방으로 향했다.

옷장 안이 서늘했다. 환풍기가 돌아가고 온도계는 이십

오 도였다. 메이는 고양이를 살펴보았다. 몸의 온기와 물기가 조금씩 사라져가는 것 같았다. 언제나 고개를 바닥으로 내리깔고 가만 누워 있을 때가 많은 고양이였다. 턱 밑에 손을 대보았다. 옷장 문을 닫고 거실로 갔다.

"이제 갈래?"

"넌 안 가?"

"나는 정리 좀 하고."

"우리끼리 먼저 가 있을게. 내려갈 땐 경비가 체크 안 하겠지?"

"응. 문자할게."

둘이 밖으로 나간 후 메이는 옷장으로 들어갔다. 상자를 들었다. 옮겨놓을까 하다 있던 자리에 두었다. 그러다 다시 일회용 장갑을 끼고 상자 속에서 고양이를 꺼냈다. 작은 방에 있는 캣타워 아래 칸으로 고양이를 옮겼다. 자신이 일할 때 벨벳 깔판 위에서 턱을 바닥에 붙이고 말똥말똥 아래를 바라보곤 하던 고양이였다. 좀 가벼워진 것 같았지만 오븐 속에서 꺼내 상자 속으로 옮길 때와 크게 다르지 않았다.

거실 화장실로 가서 메이는 오래 손을 씻었다. 거의 자신만 사용하던 손님용 변기에 앉아 한강을 바라보았다. 집에서 쉬는 날, 메이는 락스와 세제를 넣고 변기 안을 박박 문질러보았다. 아무리 문질러 닦아도 변기 안에 박힌 얼룩은 흐려지지도 없어지지도 않았다. 얼핏 보면 하수구로 내려가다 만 똥이 걸려 있는 것처럼 보였다. 언제부터인지 모르지만 자신의 원룸에서는 가능하지 않던 배변이 깨끗하고 냄새 좋은 여기에 앉아 있으면 해결이 되었다.

일 년 반을 일하는 동안 매미가 삼십칠 층까지 날아와 땅을 갈아엎을 듯 소리 낸 적은 없었다. 3707호 사람들을 보는 것보다는 고양이를 본 시간이 더 많았다. 고양이 보모라고 동료들이 놀려도 개의치 않았다. 지하 일 층 할인 매장에서 손님들과 부대끼면서 포스를 찍어대는 일보다는 조용하고 갑갑하지 않은 공간에서 혼자서 하는 일이 더 나았다. 대우도 좋은 편이었다. 어제와 같은 날인 줄 알았는데 오늘은 달랐다.

엄마가 죽었어도 살아남았어. 그런데 설마 고양이가 죽었다고…….

메이는 마음을 다잡았다. 오븐 안을 다시 살펴보았다. 치즈 오븐 스파게티 냄새만 가득할 뿐 토사물이 있었던 자리는 말끔히 지워졌다. 옷장을 열었다. 온도계는 이십오 도를 가리키고 있다. 상자는 입구에 있었다. 메이는 상자를 원래 있던 자리에 가져다놓았다. 옷장 문을 닫았다. 센서 불이 꺼졌다. 옷장 문을 열었다. 불이 켜진다. 문을 닫아야 불이 꺼지니까, 옷장 문을 꼭 닫았다. 거실로 나왔다. 캣타워 앞에 있는 창문을 닫았다. 실내 온도는 이십팔 도로 올라갔다.

식탁과 싱크대는 음식 찌꺼기와 와인 병과 맥주 캔과 구겨진 냅킨 등으로 지저분했다. 재활용할 것을 분류하고 음식물 쓰레기는 비닐에 담아 같은 층에 있는 쓰레기 박스에 던져 넣었다.

냉장고를 열었다. 파파야와 체리를 조금 꺼낸 것 말고 달라진 것은 없어 보였다. 그것들을 꺼내기 전 핸드폰으로 냉장고 안을 찍어둔 사진과 비교해보았다. 3707호 여자가 그 차이를 알아차릴 수는 없을 것이다. 매주 수요일 오전 커피를 마시며 3707호 여자는 말했다. 냉장고에서 과일과 생수는 꺼내 먹어도 된다고. 매주 똑같은 말을 하니까 오히려 그걸 먹을 수가 없었다. 생수만 마시곤 했을 뿐이다.

케이크와 케이크 상자도 버렸다. 원래 고양이가 있었던 데가 오븐 속이 아니라, 냉장고 속이었을지도 모른다는 생각이 들었다. 그럴 리는 없지만, 왠지 그런 생각이 들었다. 냉장고에도 고양이의 흔적은 없었다.

검은 쓰레기봉투를 들고 메이는 거실을 살폈다. 친구들의 흔적이라고 보일 만한 것들을 찾아보았다. 구두 때문에 벗어놓은 건지, 민지의 레이스 양말이 소파 사이 틈에 있었고, 식탁 의자 아래에 현주의 머리끈이 떨어져 있었다.

메이가 퇴근한 후에 고양이가 죽은 것이다. 3707호 사람들이 그렇게 생각한다면 경비사무실에 가서 삼십칠 층 복도 CCTV를 확인하지는 않을 것이다. 범죄 현장도 아니고 없어진 물건도 없고, 설마 그런 절차를 거치지는 않을 것이다.

하루에 네 시간씩 일주일에 오 일 일하고 자신이 받았던 금액을 생각하니, 메이는 힘이 빠지는 것 같았다. 이 년 전까지 직장 상사나 동료들의 비위를 맞추면서 느꼈던 감정을 3707호 여자에게서도 느꼈던 적이 있다.

고양이가 심심할까 봐 자신을 부른 건 아닐까. 식탁에 앉아 커피를 마시며 강을 바라보고 있을 때면 고양이도 강쪽을 향해 꼬리를 움직이며 누워 있었다. 그때 고양이가 유기농 단호박 치즈케이크를 먹었다면 그런 생각도 하지 않았을 것이다. 냉장고에 있는 치즈케이크 상자를 본 후, 자신이 고양이 관리사로 취직된 것 같다는 생각이 들었다. 그 디저트를 고양이는 냄새만 맡았을 뿐 전혀 건드리지 않왔다. 집에 딱 한 병 가져갔던 양주. 3707호 여자가 가져가든 버리든 하라고 부엌 바닥에 둔 것이었다. 메이는 뚜껑도 따지 않은 것을 버리기 아까웠다. 집에 이모가 오면 셋이 한번 맛을 보거나 이모부에게 선물해도 좋겠다고 생각했다.

캣타워 위 고양이는 한낮에 그랬던 것처럼 낮잠을 자는 듯 널브러져 있다.

아침이면 깨어날지도 모른다. 그녀는 고양이를 맨 위 칸으로 옮겼다. 창문을 닫았으니 고양이가 뛰어내릴 염려는 하지 않아도 되겠지. 다른 날과 같이 에어컨을 켜놓고 가야겠다.

마른행주로 접시를 닦으며 메이는 생각했다. 집 안 곳곳에 숨어 있던 고양이의 털. 자꾸 기침이 나려고 했다.

내일 아침 3707호 사람들이 돌아온다.

자신이 출근할 때쯤 그들은 이미 고양이를 발견한 뒤일 것이다. 동물병원 오픈 시간은 오전 열 시에서 오후 여덟 시까지이다. 정말 에어컨은 켜놓고 가야 할까, 끄고 가야할까. 처음 오븐 속에서 꺼냈을 때 그 즉시 동물병원에 데리고 갔다면, 만약 그랬다면 살아났을까, 괜찮았을까.

메이는 와인 잔을 닦으면서 생각을 멈추지 못하고 있다.

매미 소리가 들렸다. 얼기설기 불빛이 비치는 방충망에 매미는 죽은 듯 붙어 있다. 한낮의 고양이처럼 메이가 방충망 가까이 다가간다. 공중에 은가루를 뿌리듯 매미가 찍, 오줌을 싸고 날아간다. 달라진 것은 아무것도 없을 것이다.

마
저
럼

의자가 너무 낡았다. 움직일 때마다 자꾸 소리가 난다. 커피에 각설탕 하나를 넣고 설탕이 가라앉는 걸 바라보다 노트북을 켰다.

"모두 퇴근한 줄 알았는데 팀장님은 아직 안 가셨네요?"

옆 사무실 신입 직원이 열린 문틈으로 인사를 하고 지나간다. 잡지책 한 권을 삼십 분이 넘도록 만지작거리고 있었다. 이걸 어떻게 찢을까, 방법을 구상 중이었다.

나는 종이를 찢는다. 이 버릇을 교정하기 위해 상담을 받기도 했는데, 불쾌한 반응이 생길 때까지 종이 찢기를 반복하라고 의사가 말했다. 종이 냄새가 역겨워질 때까지 혹은 종이를 찢는 일이 스스로 지겨워질 때까지 반복하라는 것인데, 종이를 찢는 일은 반복하면 할수록 묘한 중독성이 있어서 역겨워지기는커녕 오히려 내 유일한 취미로 변해갔다.

고등학교 일 학년 때 같은 반이었던 미지는 필기 모범생이었다. 여러 가지 색깔의 색연필과 형광펜을 고루 쓰며 필기해 노트 자체가 시중에서 잘 팔리는 참고서 같았다. 미지는 모든 학생과 선생님들에게도 인기가 좋았다. 친구들은 미지의 노트를 빌리려고 애를 썼다. 시험 때만 되면 미지 노트는 발이 달린 듯 돌아다녔다. 한번은 그 노트를 보다가 얼마나 웃었던지! 미지는 선생님이 말한 것을 마치 녹음기처럼 옮겨 적었는데 칠판의 내용을 그대로 베낀 것은 물론이고, 선생님이 수업 중에 틈틈이 얘기한 농담까지도 적어놓았다.

고등학교 동창생들은 나를 '악필'이라고 불렀다. 내가 써놓고 내가 못 읽을 때도 많았다. 처음 연필을 쥐었을 때 나는 왼손으로 글씨를 썼다. 유치원 때부터 초등학교 일 학년 때까지 엄마가 그걸 고친다고 나를 때리기까지 했다. 억지로 고치려 하다 보니 부작용이 생긴 걸까. 나중엔 왼손도 오른손도 손에 익지 않았다. 중학교 시절엔 별 무리가 없었는데, 고등학교에 입학하면서부터 악필이 문제가 되기 시작했다. 매번 노트 검사 점수는 평균에 미치지 못했다. 시험은 그런대로 잘 보았지만, 그 외의 수행평가나 논술평가에서는 열세를 면치 못했다.

내가 종이를 찢기 시작한 때가 아마 그 무렵부터였을 것이다. 혹 선생님은 내 보고서를 읽어보지도 않고 점수를 매기는 건 아닐까, 만약 읽어보았다면 미지보다 점수를 못 받을 리가 없는데, 내용이 더 중요하지 글씨가 더 중요한가, 뭐 그런 생각을 했던 것 같다. 내 딴에는 힘들여 쓰는데 집에 와서 보면 괴발개발이었다. 그런 날이면 필기를 새로 하기 위해 스프링 노트를 북북 찢었다. 찢고 쓰고 또 찢고 쓰고 하면서 내용을 거의 암기하다시피 했다. 그래서 그나마 내 머릿속에 그 정도 지식이라도 있는지 모르겠다.

며칠 전이었다. 중앙우체국에서 국제우편을 보내고 명동 근처에서 햄버거로 점심을 때우려고 줄을 서 있을 때였다. 내 앞에 서 있던 남자가 힐끔힐끔 나를 쳐다봤다.

"아, 너, 최수용 아니냐?"

질문인지 감탄인지 모를 말투로 그가 물었을 때 하마터면 나는 아니라고 발뺌할 뻔했다. 그만큼 그는 남들과 다른 차림새를 하고 있었다. 옷차림이 후줄근해 보이는 데다 그의 몸에선 어디에선가 묻어온 이상한 냄새마저 나는 듯했다. 자세히 살펴보니 얼굴에 살이 붙고 눈이 좀 작아지긴 했지만 대학 시절 친구 진서가 분명했다. 함께 햄버거를 먹으며 다짜고짜 털어놓는 그의 사설은 오랜만에 만난 친구에게 근황을 전하는 수준이 아니라, 마치 그간 참았던 말을 토해내고 있는 듯했다. 진서의 입에서 튀어 나오는 음식 부스러기가 자꾸만 신경이 쓰여, 나는 진서의 말에 집중할 수가 없었다.

"안경 써서 잘 몰라봤다. 너 괜찮아 보인다. 월급은 많이 받냐?"

십몇 년 만에 만나 돈 이야기를 하는 그가 다소 부담스러웠지만 물어보니 말을 안 할 수 없었다.

"이것저것 떼고 나면 얼마 안 돼."

"그럼 네가 보기에 나는 한 달에 얼마로 생활할 것 같으냐?"

"그거야 내가 모르지. 사람마다 씀씀이가 다르지 않나?"

햄버거가 뻑뻑하게 목에 걸리는 것 같아 콜라를 빨며 대답했다.

"수용아, 너 결혼했냐?"

"아니, 아직."

"결혼할 사람은 있냐?"

"있었지."

"아무튼 넌 좋겠다. 일도 있고……."

친구이면서 때로 경쟁심을 느꼈던 진서가 나를 부러워하는 듯해 속으론 우쭐했지만, 그렇다고 그가 어떻게 사는지 묻지는 않기로 했다. 진서가 문득 속삭이듯 말했다.

"삼십만 원만 빌려줘!"

나는 진서가 돈을 빌려달라고 했을 때 정말로 놀랐다. 갑작스러운 탓도 있었겠지만 왜?, 하고 물을 수가 없었다. 꼭 갚겠다고 말한 것도 아닌데 무엇인가에 이끌리듯 옆 건물에 있는 현금인출기에서 그가 원한 액수만큼 뽑아 주었다. 진서는 고맙다고 하며 햇살이 쏟아지는 한낮의 거리 속으로 멀어져 갔다.

아까 진서가 결혼할 사람은 있냐고 물었을 때, 나야말로 미지에 대해 묻고 싶었다. 진서는 대학 이 학년 내내 미지를 줄기차게 쫓아다녔다. 공교롭게도 진서와 미지, 둘을 소개시킨 사람이 나였다. 그가 대책 없이 미국으로 떠난 것도 사실은 미지 때문이었을 거라고 친구들은 추측했다. 대책 없다는 말처럼 그는 정식으로 유학을 갔던 게 아니라 여행을 갔다가 거기에 눌러앉은 것이었다. 미지가 갔던 UC 버클리 캠퍼스 근처 대학에 진서가 다닌다는 이야기도 있었고 미지와 진서가 동거한다는 소문도 돌았다. 진서가 혹시 미국에서 미지와 같이 살았는지 물어볼 용기는 나지 않았다. 오랫동안 미지를 궁금해한 적이 없었는데, 변해버린 그의 얼굴을 보니 자연스레 그녀가 떠올랐다.

대학 졸업 후 나의 첫 직장은 무역회사였다. 동남아에 공장을 둔 의류업체였는데, 자리에 앉아 있을 시간이 없을 정도로 외근이 잦았다. 바이어 사무실을 찾아가 샘플링 작업을 확인받는 것도, 자질구레한 업무와 출장도 내 몫이었다. 밖으로 나도는 일을 하다 보니 내가 악필이라는 사실을 사람들은 알지 못했다. 잘나가던 회사가 자금 문제로 허덕이다 다른 내수업체에 매각되었을 때, 나는 무역부가 아닌 홍보부로 발령이 났다.

아마 그때부터 다시 종이를 찢기 시작했을 것이다. 회사에서 대충 기안한 서류를 집에 가져와서 고쳐 쓰면서 맘에 들지 않으면 찢어버리고 다시 쓰기를 반복했다. 노트북에 바로 작성하면 될 터인데 버릇처럼 종이에 쓴 후에 옮겨 적곤 했다. 글을 쓰면 손으로 암기를 하는 것 같았다. A4 용지 한 장 분량 보고서를 완성하기 위해 열 번까지도 초안을 찢곤 했다.

보고서 외에 내가 무엇인가를 일삼아 찢을 때는 아무 일에도 골몰하지 못할 때다. 종이를 찢다가 혹시 내가 행위 중독이 아닌가 하고 고민도 했지만 어차피 사람은 뭐라도 한 가지씩은 중독이 되어야 살 수 있는 것 아니겠는가. 찢다가 좋은 글을 만나면 마음속에 찍어두기도 하고. 어쩌면 그건 내가 세상을 읽는 한 방법이라고 할 수 있을 것이다.

햄버거 가게에서 만난 지 삼 주쯤 지나 진서가 연락했다. 마침 부서 회식이 있는 날이라 다음 날 만나자고 약속을 잡았지만 왠지 불안하기만 했다. 왜 만나자고 할까? 약속 장소인 공덕역 근처 카페에 진서는 먼저 와 있었다. 전에 봤을 때보다 한결 말쑥해진 모습으로 그는 신문을 보고 있었다.

"많이 기다렸냐?"

"아냐. 나도 방금 전에 왔어."

전과 다르게 그의 몸에서 박하 향이 나는 듯했다. 커피를 주문하고 기다리는 동안 진서는 입속에 있는 캔디 이야기를 했다.

"이 캔디는 지리산에서 캔 약초를 넣은 거야. 아니 약초까지는 아니고 지리산에서 자생하는 박하에서 추출한 엑기스를 가지고 아는 형이 만든 거야. 박하 냄새가 진해. 너도 하나 먹어봐."

캔디 캔…… 아무 의미 없는 소리를 속으로 되뇌며 캔

디를 빨아 먹으면서도 왜 그가 만나자고 했을까, 그것이 궁금했다. 좀체 말문을 열지 않고 그는 재미없는 옛이야기들만 계속했다. 저녁을 먹기 위해 우리는 자리를 옮겼다.

"미지, 보고 싶다."

미역국을 먹다 갑자기 혼잣말하듯 진서가 말했다.

"보면 되잖아."

"미지가 날 보고 싶어 할지 자신이 없어."

"미국에서 너네 같이 살았다는 말 사실이야?"

"그걸 알아서 뭐 하게?"

진서가 짐짓 내 눈치를 살피더니 밥을 먹기 시작했다. 제법 두툼해 보이는 분홍빛 갈치살이 그의 입으로 들어갔다. 나는 그만 무안해져서, 갈치 사이에 푹 졸아든 무만 건져 밥과 함께 미어져라 입에 넣었다.

"사실은……."

그러곤 무슨 중요한 용무가 있다는 듯 진서가 잠시 머뭇거리다가 말했다.

"삼십만 원만 빌려줘!"

이번에도 나는 다른 말을 하지 못했다. 밥알을 가득 문 채 고개를 끄덕였다.

"그래, 알았어."

집으로 가는 전철 안에서 나도 모르게 갈치집 영수증을 잘게 찢어버렸다. 대학 때 진서에게 많이 얻어먹은 편이었지. 이제 와서 왜 그럴까. 세상에 공짜는 없는 거구나. 정말로 내게 하고 싶은 이야기가 있긴 있었던 걸까? 삼십만 원은 어떤 용도로 쓰이는 것일까? 마치 한 단어가 풀리지 않으면 다음 단어도 연쇄적으로 풀리지 않는 십자말풀이를 푸는 것 같았다.

이후에도 잊어버릴 만하면 진서는 나를 찾아왔다. 올 적엔 꼭 전화를 하고, 회사 근처 카페나 공덕역 앞에서 만났다. 내가 진서에게 전화를 건 적은 없었다. 그는 한 달에 한 번 꼴로 방문했다. 맡겨둔 돈을 찾아가는 것처럼 아무 거리낌 없이 올 때마다 삼십만 원씩 빌려 갔다.

예전에 진서는 어떤 자리에서든 친구들 중에 제일 먼저 계산서를 집어 들곤 했었다. 그 씀씀이를 따라갈 수가 없었고, 신세를 많이 졌다. 우리가 양이 많은 학교 앞 칼국수를 먹자고 할 때 진서는 스테이크나 한우 갈비나 초밥을 먹자고 했다. 진서는 우리의 물주였다. 어디에 있든 그때처럼 잘살고 있을 줄 알았다.

매달 나는 용돈으로 오십만 원쯤 쓴다. 담배는 끊었고 술은 회식이나 접대 자리에서만 마셨다. 옷은 광고 촬영

후 남은 샘플들을 주로 입었고 저녁은 회사에서 제공하는 야식을 먹었다. 그렇게 해서 작은 평수지만 원룸을 장만할 수 있었다.

한 달은 쉽게 지나간다. 내 계좌에 급여가 입금되었다는 문자를 받은 다음 날이었을 것이다. 늦은 점심을 먹고 자판기 커피를 뽑아 사무실로 들어서려는데 진서가 전화했다.

"너, 바나나 좋아해?"

"뜬금없이 웬 바나나?"

"이따 퇴근하고 집에 와라."

"어딘데?"

"거기서 멀지 않아. 전철 타면 한 이십 분쯤."

"왜 무슨 일 있어?"

"아니, 그냥. 오늘은 혼자 저녁 먹기 싫어서."

"알았어. 가는 방법이나 문자로 보내."

그의 말대로 집을 찾아가는 데 이십 분쯤 걸렸다. 상수역에서 내려 극동방송에서 반대쪽 한강 방향으로 오 분쯤 올라가니 진리독서실이 나오고, 연화슈퍼를 지나 오른편 골목길로 들어가 두 번째 단층집이었다. 문을 열고 들어서니 된장 냄새가 났다.

"기다려. 다 돼가."

앞치마에 손을 닦으며 진서가 싱긋 웃었다. 진서가 만든 콩나물무침과 된장찌개, 삼겹살은 맛있었다. 저녁을 먹으며 곁들인 소주에 얼굴이 벌게져서 우리는 냉수와 커피를 번갈아 마셔댔다. 호주로 이민 간 형 집이라고 했다. 그가 잠시 집을 봐주면서 새로운 세입자를 구하는 중인데, 요즈음 집을 보러 오는 사람이 없다고 걱정했다.

"너 요즘 사정 어때? 뭔가 달라진 거 없어?" 몇 점 남지 않은 삼겹살이 불판에서 타다 만 것을 보다 내가 말했다.

"뭐 별로."

그가 건성으로 대답했다.

"날 부른 이유가 있을 거 아냐?"

"삼겹살을 혼자 먹긴 좀 청승맞잖아."

"연락해봤어?"

나로서는 용기를 내어 물은 말인데 그는 한참 있다가 말을 돌리듯 되물었다.

"수용아, 사람이 하루에 얼마로 살 수 있을 것 같냐?"

"그거야 상황에 따라 달라지겠지. 소말리아나 아프리카 어디에선 일 달러 안 되는 돈으로도 산다고 하고."

"날것으로 바로 먹을 수 있으면서, 싼 음식을 하나만 꼽

으라면?"

"바나나 아닌가?"

"그걸 어떻게 알았어?"

"바보 같다. 바나나 좋아하냐고 아까 네가 힌트를 줬잖아."

"바나나가 일 파운드에 사십구 센트였어. 일 달러어치를 사면 크기에 따라 여섯 개에서 여덟 개였어. 지금은 많이 올랐지만 그땐 가격이 그 정도였어."

"제법 많네."

"한동안 바나나만 먹고 산 적이 있어. 그러다 단백질과 칼슘이 필요하다 싶을 때면 스타벅스에 들어가 누군가를 기다리는 척하다 셀프 데스크에 있는 우유를 종이컵에 따라 마셨어."

"나도 거기서 설탕 몇 개를 재킷 주머니에 넣어 온 적 있는데."

"돈이 조금 있는 날은 던킨도너츠에서 모닝 세트로 아침을 먹고, 점심은 거리에서 파는 핫도그로 대충 때우고, 저녁을 안 먹으면 잠이 안 오니까 맥도널드에서 가장 싸고 칼로리가 높은 음식을 골라 먹었어."

"어쩌다 가난해졌어?"

어쩌다 보니 내가 그렇게 묻고 있었다.

"그렇게 사니까 한 달에 이백 달러에서 삼백 달러가 들더라."

"어디서 자고?"

"이십사 시간 문을 여는 세탁소에도 있었고, 클럽에서 야간 주차요원으로 일했는데, 그러다 클럽에 놀러 온 형 친구를 만났어."

이야기를 듣다가 말고 나는 술기운에 그만 쓰러져서 잤다. 새벽녘에 진서는 깨워도 모를 정도로 코를 골며 자고 있었다. 가져간 봉투를 식탁에 두고 쓰린 배를 쓰다듬으며 나는 그 집을 나왔다.

한 달이 되지 않아 의외의 장소에서 진서를 만났다. 대학 동창회에서였다. 그날 그는 내가 이제껏 본 모습 중에서 가장 멋져 보였다.

며칠 전 미지와 통화했다는 한 친구가 말했다.

"지금쯤 걔는 타히티에 있을걸."

"휴가 갔나, 어디라고?"

다른 친구가 물었다.

"말론 브란도는 타히티섬에서 조용히 살았다. 그 타히티 말이야. 거기로 신혼여행 갔어. 그 남자친구랑 삼 년을 사귀었다는데 나도 일하는 토요일이라서 결혼식 참석은 못 했고 이야기만 들었어."

진서는 연신 소주만 마셔댔다.

"친구들에게 소식을 끊고 살았던 건 순전히 내 자존심 때문이지. 미지는 잘못 없어. 개도 자기 자신 때문이지, 별 건 아니니까."

진서는 횡설수설했다. '취한 말들'의 시간이었다.

"자신이 할 수 있는 선에서 최선을 택한 거지. 미지는 영리하니까."

"미지가 널 사랑했어?"

"몰라, 모르겠어. 아마 그랬겠지. 그랬을 거야. 그게 아니라면."

술잔을 입술에 뗐다 붙였다 하며 그가 말을 이었다.

"말하기 싫으면 말하지 마."

우리는 엉망으로 취했다. 취하기 좋은 긴긴밤이었다.

동창회 이후로 진서는 연락을 끊었다. 두 달이 지나도록 그의 핸드폰은 수신 불가 상태로 돼 있었다. 진서를 기다리는 마음과 그가 연락하지 않았으면 좋겠다는 생각이 엇갈렸다. 다달이 그를 본다는 건 좋기도 하지만 귀찮기도 했다. 왜 내가 진서 때문에 씀씀이를 줄여야 하나 하는 불음 앞에선 스스로도 그 이유를 알 수 없었다. 그럴 때마다 진서에게 얻어먹었던 위스키와 크기는 작았지만 겁나게 맛있던 안심 스테이크를 떠올렸다. 그가 즐겨 사주던 술이나 음식 들이 상당한 금액이었을 것이다.

그 돈 정도는 없어도 먹고는 사니까, 그런 까닭도 있을 것이다. 그의 눈빛 때문이라고 생각한 적도 있다. 빤히 나를 바라보며 천진난만하게 이야기하는 모습을 보노라면, 그저 그가 말하는 대로 하는 것이 내 최선 같았다. 그동안 진서에게 빌려준 액수 정도면 이제 얼추 다 갚아가는 거 아닐까. 그는 어디로 간 것일까. 신문지를 찢다가 손바닥에 얼룩을 묻힌 채로 드문드문 진서 생각을 하다 해가 바뀌었다.

신정 연휴라 집에 있는데, 진서가 전화를 했다. 고속버스터미널 이 층에 있는 옛날식 다방에서 그를 만났다. 진서는 등산복 차림으로 신문을 보고 있었다. 소파 옆에 가방이 있었다.

"어디 갔다 오는 길이냐?"

"응, 서해안 쪽으로 다녀왔어."

"이 추운 날?"

"염전의 겨울 생태가 어떤지 보고 싶었어."

"소금 만드는 데?"

"응, 너는 소금 냄새가 어때?"

"그냥 짠 냄새지."

"그게 다야? 다른 말로 표현할 순 없고?"

"소금이면 짜디짠 냄새지. 어떻게 다르게 짜냐?"

나는 신경질을 부렸다.

"그래. 네 말대로 다른 말로 표현할 수 없는, 소금 냄새를 맡으러 갔어. 소금의 원형질 같은 냄새 말이야."

"원형질이라니, 소금이 살아서 움직이기라도 한다는 거냐?"

"이게 바로 소금 냄새를 채집한 병이야."

진서가 내미는 병을 여니, 짜고 맵싸한 바람 냄새가 훅 끼쳤다.

"그때 그래서 미지가 떠났어."

진서가 말을 툭 던졌다.

"갑자기 그 이야기는 왜?"

"소금 간을 못 맞춘다고 짜증을 내다가 끝내 떠났어. 처음엔 집에 설탕이 떨어졌다고 화를 내더니, 어느 날 집에서 미지가 사라졌어."

그의 이야기를 듣다가 불현듯 언젠가 읽었던 문장이 생

각났다. "설탕이 없었다면 개미는 좀 더 커다란 것으로 진화했겠지." 난생처음 설탕이란 단어가 퍼즐처럼 느껴졌다.

"그게 언제 적 얘기야?"

"내가 미지를 따라 미국에 공부하러 간다고 떠난 지 사오 년 되었을 때야. 미지는 내가 자기를 뒤따라간 것도 한참 지나 알았어."

"그런데, 어떻게?"

미지가 다니는 학교를 알아내고 사흘 동안 강의실 앞에서 기다리다 사정사정해서 만났지. 그리고 두 달쯤 있다가 같이 살게 되었어. 미지는 공부하느라 바빴어. 늦게까지 도서관에 있다가 열 시 넘어 돌아오곤 했어. 내가 음식을 준비해 둘이 머리를 맞대고 밤늦게 저녁을 먹는 게 좋았지."

"그런데 왜 갑자기 설탕이 떨어졌다고 사라진 거야?"

"그즈음 교환교수로 나와 있던 미지 지도교수님이 같이 들어가자고 하니까, 별안간 떠난 거였어."

"간이 안 맞아 집을 나갔다며?"

"그건 트집 잡느라 부러 말한 거고, 실은 국내에 자리를 잡으려고 갔던 거야."

"너는 왜 같이 안 들어왔는데?"

"그동안 공부한답시고 집에서 갖다 쓴 돈이 많아서 학

위를 못 따고 돌아갈 수 없었거든. 어떻게든 남은 학기를 마저 끝내고 귀국하려고 했지."

"학위 마치고 바로 따라 들어왔던 거야?"

"아니. 미지는 자리를 잡는 대로 곧 연락한다더니, 소식이 점점 뜸해졌어. 시간강사로 뛰며 바빠서 그렇겠지, 이해하면서도 서운했어. 휴일에 라스베이거스로 놀러 갔어. 시작부터 돈을 엄청 따다가 이틀도 채 안 된 사이에 가진 돈을 전부 잃고 말았어. 집에 연락할 수도 없었어. 미지와 살면서 차를 사고 아파트도 큰 것으로 렌트했기 때문에 차마 염치가 없었던 거지."

진서는 커피 한 잔을 더 주문하고 말을 이어갔다.

"사람이 돈 앞에서 얼마나 치사해질 수 있는지 그때 알았어. 쓰면 그냥 생기는 줄 알았지, 돈으로 고통받을 수 있다는 생각은 해본 적이 없었거든. 돈이 없으니까 사람들 눈치도 살피게 되고. 어느 날엔가 설렁탕 한 그릇이 어찌나 먹고 싶던지 그 냄새가 맡고 싶어 일부러 한국식당 앞을 지나쳐 가기도 했어. 내가 부탁하면 도와줄 사람은 있었지만, 아버지 돌아가신 후엔 그마저 내키지 않았어."

"그래서 바나나를 먹었던 거야?"

"돈이 없다는 것, 막다른 곳에서 느낀 무서운 경험이었

어. 가끔 생각했지. 만약에 미지가 떠나지 않았다면, 라스
베이거스에 가지 않았을 테고, 지금쯤 단골 레스토랑에서
스테이크를 썰고 있었을 텐데. 망상은 꼬리에 꼬리를 물
고, 일은 없고, 돈도 없고, 실제로 어느 날인가 금문교 위
를 서성이다 돌아선 적도 있었으니깐. 아무튼 클럽에서 그
형을 만나지 않았더라면. 생각만 해도 아슬아슬한 나날이
었어."

"한 가지 물어보자. 나를 만날 때마다 삼십만 원을 빌리
는 이유가 뭐냐?"

"하루에 만 원 꼴로, 그게 계산하기 편하니까."

"그럼 한 달이 삼십일 일인 날은?"

"하루쯤 안 쓰면 되고."

"하필이면 왜 나야?"

"여기 와서 우연히 처음 본 친구가 너였어."

"단지 그거야?"

"넌 다른 이유가 더 필요하지?"

할 말이 없었다.

회사의 상황이 나빠지고 있었다. 일하는 중에도 신경이
곤두섰고, 동료들 모두 편치 않았다. 경기가 좋았을 때 금

요일을 끼고 해외여행을 다녔던 사람들이 잔고가 마이너스가 될 판이라고 하소연했다. 부양가족이 있는 가장들은 술자리도 피하는 분위기였다. 혼자 사는 나는 크게 걱정할 일은 없었지만, 한동안 뜸했던 종이를 찢는 버릇이 다시 시작됐다. 손끝이 간질간질해오면서 어떤 일도 손에 잡히지 않았다. 그간 알게 모르게 진서에게 신경이 쓰였던 것일까. 오랫동안 종이를 찢던 나를 잊고 지냈다.

퇴근 후 대형 서점에 들러 비즈니스 잡지를 사서 계산을 하려는데, 금주의 신간 코너에 있는 사진이 눈에 들어왔다. 『세상의 모든 냄새』라는 책의 표지에 '뉴욕의 희한한 감별사'라는 수식어를 달고 한 남자가 웃고 있었다. 진서처럼 보였다.

저자 후기에 나와 있는 약력을 확인했다. 틀림없이 진서다. 기묘한 느낌이었다. 이러고 매달 내게 돈을 빌려? 이건…… 도대체 뭐지? 진서의 핸드폰은 꺼져 있었다.

진서는 신정 연휴 이후 한 달쯤 지나서 전화했다. 삼겹살을 먹자며 오는 길에 깻잎과 소주 두 병을 사 오라는 부탁도 함께 했다. 그의 집에 들어서는데 전에 맡았던 된장 냄새가 났다. 불판에 삼겹살을 굽고 있던 진서가 손짓하며 말했다.

"싱크대에서 얼른 깻잎만 씻어가지고 와."

깻잎을 접시에 담아서 식탁 위에 놓고 의자에 앉았다.

"너는 안경 쓴 것 외엔 달라진 것이 별로 없네. 깻잎 놓은 모양을 보니까 답이 나온다. 야. 이렇게 깻잎에 싸먹으니까 암브로시아다! 마저럼이 떨어져 고기에 후추만 뿌렸을 뿐인데."

"무슨 소리야, 암브로시아라니! 마저럼은 또 뭐고."

"신들이 먹는 음식 같다고."

"암브로시아는 됐고, 이게 다 뭐냐?"

진서에게 책을 던지듯 내밀었다.

진서는 아무 말 없이 내 잔에 소주를 따랐다. 잔이 몇 번 오간 후 그가 입을 열었다.

"매일이다시피 물기 없는 것들만 먹으니까 정말 질리더라. 미지랑 살 때는 돈이 넉넉했을 때니까, 일주일에 한 번은 꼭 한국 슈퍼마켓에서 장도 보고 맛있는 것도 먹으러 다녔는데. 다 잃어버린 후엔 끔찍이 달라지더라. 점보 식빵 한 봉지로 일주일을 버틴 적도 있어. 그렇게 살다 보니 냄새에 굉장히 예민해졌어. 특히 음식 냄새가 그렇더라."

"그래서 냄새 감별사가 된 거야?"

"비자 문제도 있고, 어차피 내가 선택할 수 있는 일이란 것이 세탁소에서 일하거나 주차를 해주거나 피자 배달 같은 일밖엔 없었어. 그것도 암암리에. 그럴 때 클럽에서 만났던 형이 자기가 하는 샌드위치 가게에 나오라고 하더라. 우선 급해서 무턱대고 그 일을 하겠다고 했는데, 새벽부터 샌드위치를 만들고 샐러드 재료를 준비하고 배달까지 하는 것이 쉽진 않았어."

"돈 버는 게 그렇지."

"아침마다 같은 건물 십일 층에 있는 회사에 배달을 가곤 했는데, 아무리 봐도 그 사무실 안이 이상하게 보였어. 실험기구들이 갖춰져 있지만 실험을 하는 것 같지도 않고, 갈 때마다 그 안에서 나는 냄새가 매번 달랐어. 샌드위치를 먹는 장소도 다른 곳과는 달리 밀폐된 공간에서 환풍기를 틀어놓고 먹도록 돼 있었거든."

"거기가 냄새를 개발하는 회사였던 거야?"

"그런 셈이지. 어느 땐 프리지아 냄새, 어느 땐 잔디 냄새 같은 게 사무실 바닥에서 올라오는 것도 같더니, 그 냄새를 맡으면 머리가 맑아지는 듯 느껴져 냄새로 요술을 부리는 게 아닌가 싶을 정도였어."

"후각이 제일 쉽게 무뎌지는 감각 아닌가?"

"그렇긴 한데, 한번은 사무실에 들어서는데 이상하게

슬퍼지는 거야. 미지가 뿌리던 향이 그 방 가득 떠다니는 것 같았어. 어떤 향이냐고 물었지. 기쁜 이별의 냄새라고 거기서 일하는 여자가 말해주었어."

"기쁜 이별의 냄새? 슬프게 하는 기쁜 냄새?"

"하루는 샌드위치를 만들다 손에 묻은 치즈 냄새를 없 애지도 못한 채, 바로 그 사무실로 배달을 갔어. 그곳에 들 어서는데 생강 냄새가 나는 거야. 아침부터 속이 느글거려 기분이 좋지 않았는데, 그 냄새를 맡는 순간 속이 가라앉 으며 머리가 개운해지더라. 그때부터 샌드위치를 만들 때 냄새를 첨가하는 방법을 궁리했어. 햄과 달걀 냄새밖에 안 나는 아침 샌드위치에 사과, 민트 그리고 쑥 냄새 등을 넣 기 시작한 거야. 특히 쑥 냄새가 끝내줬어. 깻잎도 그렇고. 깻잎 반 장, 청양고추 한 조각이면 샌드위치에서 나는 기 름진 냄새를 죽일 수가 있었고, 아니스나 마저럼 등을 살 짝 첨가하기도 했어."

"매출이 올랐어?"

"매출은 약간 올랐지만 그보다 손님들 표정이 밝아졌 어. 샌드위치 종이에서 싱싱한 냄새가 묻어나는 것 같다고 말하는 손님도 있었어."

"커피 냄새보다 맛있는 커피는 없는 법이지. 나는 어느 땐 카페인 말고 카페 안에서 나는 냄새만 마시고 싶더라."

"겨울에 자주 먹던 수정과를 생각해내 계피를 끓인 물에 포장지를 잠깐 담갔다가 말려서 샌드위치를 싸기도 하고, 내가 할 수 있는 한 소재를 다양하게 바꿨어. 어느 날 십일 층에서 모닝세트 십이 인분을 주문했어. 회의 시작 전에 배달을 마쳐야 해서 새벽같이 일어나 만들어야 했는데, 때마침 아는 누나가 한국에서 가져다준 유자청이 있어 한 방울씩 떨어뜨려 샌드위치를 만들었어."

"사람들이 좋아했어?"

"만드는 내가 기분이 좋아야 샌드위치가 맛있어지니까 그랬던 건데, 그날 오후 퇴근 무렵에 십일 층 회사 사장이 나를 불렀어. 그리고 운 좋게 십일 층에서 일하게 됐지. 사람들은 아직 모르는 것 같아. 일상생활 중에 우리가 얼마만큼 냄새에 상업적으로 노출되어 있는지 전혀 관심이 없어. 내가 이 일에 뛰어든 이유가 그 때문이야. 처음에는 순전히 돈을 벌 욕심으로 회사에 들어갔어. 샌드위치 가게보다 보수가 더 많았으니까. 다급하니까 알겠더라. 미지가 왜 떠났는지. 그때까지 나는 짠맛도 단맛도 없이 밍밍한 맛만 나는, 아무런 냄새도 풍기지 않는 동결건조된 채소 같은 상태로 살았던 것 같아. 벌써 오래전 일이지. 지금도 거기서 일하고 있어. 혼자서 먹고사는 데 문제없을 만큼은 됐어."

"나는 그런 직업이 있다는 걸 처음 듣는다. 정확히 무슨 일을 하는 건데? 커피 감별사 같은 일이야?"

"난 주로 냄새를 찾아내는 일을 해. 도구를 가지고 다니다 좋은 냄새든 나쁜 냄새든 이제껏 맡지 못한 냄새를 맡게 되면 그것을 채집해서 회사로 보내. 그럼 거기서 그걸 화학적으로 연구하고 가치가 있다 싶은 아이템은 연구 개발해서 판매하고. 자청해서 한국에 온 것도, 익숙했지만 점차 내 기억에서 사라져가는 그 냄새를 되찾고 싶었기 때문이야. 미국에선 절대 제대로 맡지 못할 냄새, 풀 먹인 빨래 냄새, 푹 삭인 홍어 냄새 같은. 머릿속에서 결코 지워지지 않는 냄새가 있어. 입으로는 햄버거를 먹고 있는데 코에 밴 남대문시장 갈치조림 냄새가 그리운 걸 어떻게 설명할 수 있겠냐. 혼자 남은 후에도 그랬어. 미지의 냄새가 견딜 수 없게도 했지만 견딜 수 있게도 해주었어."

그래서 그런 이상한 냄새가 묻어 있었구나. 나는 점점 진서가 주장하는 냄새론에 빠져들었다.

"그 사람만을 위한 냄새를 만드는 작업을 하고 싶어. 겨드랑이 냄새를 맡아서 그 사람에게 맞는 탈취제나 향수,

방향제 등을 만드는 데 도움을 주는 감별사처럼. 아이를 잃은 엄마에겐 아이 냄새를 맡게 해주고, 슬픈 사람에겐 즐거운 냄새를 찾아주고, 연애하는 사람에겐 매력적으로 어필할 수 있는 냄새를 만들어주고, 음식이나 옷처럼 냄새로 살아갈 수 있는 세상을 만들고 싶어. 깻잎을 못 구하더라도 양상추를 먹으며 깻잎 냄새를 맛볼 수도 있고, 곁에 없어도 누군가 만지지 않고도 누군가를 만지고 있다고 느낄 수도 있잖아."

짐짓 장황하게 여기까지 이야기하던 진서가 불쑥 봉투 하나를 내밀었다.

"자, 이게 네 냄새야, 맡아봐!"

그가 말하는 내 냄새를 얼른 맡을 수가 없었다. 눈을 감아보았다. 서서히 냄새가 났다. 털고 털어도 못내 붙어 있던 나무뿌리의 흙 알갱이에서 날 법한 냄새. 도심 한가운데서 길을 잃고 우두커니 밤하늘을 바라보는 마흔 가까운 남자 냄새. 빗물에 젖은 종이 쪼가리들이 길바닥에 들러붙어 떨어지지 않는 것 같은 냄새. 내가 찢었던 수많은 글자들이 떠다니다 일순 내게 꽂히는 듯했다.

"나, 다음 달에 떠난다. 가끔 들어오겠지만 이번처럼 오래 머물지는 못할 거야."

나는 진서의 이야기를 들으면서도 믿어지지 않았다. 세상에 그런 일이, 그런 꿈이 가능하다는 것이. 냄새를 의식주처럼 만들고 싶다는 그의 꿈이, 꿈이 아니길 바랐다.

"내가 다 잃었을 때, 처음엔 호의적이었던 사람들이 차츰 내 전화를 피하기 시작하더라. 돈이 참 무섭구나, 그때 처음 알았어. 내가 일을 시작하고 얼마 지나자 동창이나 알고 지내던 사람들이 다시 연락을 해왔어. 참으로 돈, 독하구나 하는 것도 다시금 느꼈고."

"그럼, 삼십만 원은?"

"나를 우연히 만난 네가 얼마나 오래 나를 피하지 않고 돈을 빌려줄 수 있는지 궁금했어. 그 액수가 보통 사람들 용돈 정도이긴 하지만 선뜻 남에게, 못 받을지도 모르는데 빌려주긴 힘든 액수지. 한때 내 생활비 전액이었고, 여기서 그 돈으로 다시 한번 살아보고 싶었어."

유치하지만 나는 진서의 말에 얼마간 공감했다.

"자, 이거."

진서가 내민 두 번째 봉투는 두툼했다.

며칠 후 진서는 뉴욕으로 떠났다. 이삼 년 후쯤 자신의 회사를 오픈할 계획이라고 했다. 사람들이 잃어버린 줄 모르고 살고는 있지만 문득문득 떠오르는 냄새를 되찾아 주는 일을 시작할 것이다. 그 계획은 희한하나 빈틈이 없었다.

그가 떠난 후 눈치 보는 일에도 이력이 붙을 때쯤 나는 회사를 그만두었다. 한 달째 노는 중이다. 걱정을 없애는 봉투라며 그가 주고 간 냄새를 맡으며 오늘 하루가 어떻게 끝나는지 보자, 하는 배짱도 생겼다. 잔고가 바닥나기 전까지 하고 싶었던 공부를 할 작정이다. 그게 뭔지 까마득해서 기억해내려고 매일 애쓰는 중이다. 밖에 나가기 귀찮은 날엔 집에서 음식을 만들어 먹는다. 손이 심심해지면 마늘을 찧고 오이를 잘게 썬다. 뭐든 틈틈이 메모지에 적는 버릇이 생겼다. 문득 진서가 준 봉투 속에 코를 대어본다. 고기 냄새를 잡아준다는 마저럼. 그런데 내 후각 문제인지 달콤하고 상큼한 향이 안 난다. 내 글씨는 여전히 초등학생이 쓴 것 같다.

사야 할 것들
돼지고기, 카레, 감자, 양파, 생강, 후추, 그리고

앗, 설탕이 떨어졌다.

종이 호랑이

호랑이가 사라진 지 오래되었다. 확인된 바는 없지만, 아마도 백 년 전쯤에는 저 산에 호랑이가 살았을지도 모른다. 버스를 타고 가다 심학산을 바라보며 김은 언뜻 호랑이를 떠올렸다.

열 달 전부터 김은 파주에 위치한 ㅅ출판사에 다니고 있었다. 김은 그곳에서 가까운 대화동에 살았다. 집에서 회사까지는 버스로 삼십 분이 채 안 걸렸다.

편집부에는 아무도 나와 있지 않았다. 오전 여덟 시 이십 분. 김은 네 군데의 책상을 정돈한 후 물걸레로 닦고 휴지통을 비웠다. 생수통에 물이 남아 있는 것을 확인하고 커피와 차가 비어 있는 통을 채웠다. 물은 간당간당 출렁거렸다. 오후에는 물통을 교체해야 할 것이다. 편집장의 책상에는 읽다 만 원고들이 쌓여 있었다. 종이 한 장이 반쯤 찢긴 채 책상 모서리에 떨어질락 말락 놓여 있었다. 김은 그 종이를 마저 쓰레기봉투에 집어넣었다. 부서원들이 귀찮아하는 일들이 김이 주로 하는 일이다. 전표를 받고 편집부에서 창고로 책을 운반한다거나 원고를 직접 전달한다거나 혹은 우체국 택배로 부치는 일들을 도맡아 한다.

정리를 끝내고 김은 서랍에서 낙선작을 꺼냈다. 부서원들이 오기 전까지 시간이 있었다. 김은 서둘러 어제 접어둔 페이지를 펼쳤다. 애인과 만나기로 약속한 모텔 이름을 기억하지 못해 결국 그녀와 헤어지게 된 복잡한 사연의 남자 이야기였다.

편집장은 아홉 시 십 분 전에 왔다. 얼굴이 부어 쌍꺼풀이 풀어진 듯 보였다. 편집장은 김이 오늘 해야 할 일을 낱장 메모지에 적어 건넸다. 오늘은 한 달 전에 청소년문학상 심사 건으로 보냈던 원고를 그만 돌려주십사 하는 전화를 심사위원들에게 걸어야 한다. 모레 있을 최종심에 대비해 심사위원들이 모일 회식 장소를 예약해야 하고, 세 달 전에 끝났던 신인문학상 응모작들을 처분해야 한다.

세 달 전, 총 구백칠십일 편의 응모작 중 한 편이 최종 선택되었다. 당선작이 확정된 후에도 낙선작들은 한동안 보관해두었다. 그렇게 하는 것이 무슨 쓸모가 있는지 김은 의아했지만 규정이었다. 구백칠십 편의 응모작들이 세 달 사이 얼추 구백 편 정도로 줄어들었다. 김의 한계였다. 아무리 애를 써도 그 이상 읽는 건 무리였다.

아홉 시 오 분 전, 로리와 킬러가 동시에 들어왔다. 로리는 디자인을 담당하는 이 대리를 말한다. 이 대리는 늘 다이어트 중이라 음식물의 칼로리를 빠삭하게 꿰고 있다. 그래서 붙여진 별명이 칼로리인데 줄여서 로리라고 부른다.

킬러는 시 부문을 담당하는 정 대리의 별명이다. 정 대리는 보안을 중요시해서 자기가 읽은 것들이 필요 없다 싶으면 읽고 난 즉시 스파이킬러사 문서세단기에 넣고 파기하곤 한다. 정 대리가 스파이킬러를 작동하고 있던 중 전원이 꺼진 적이 있다. 콘센트 연결 부위가 느슨해서 생긴 일이었는데 그걸 본 포스트잇이 기겁했다. 포스트잇 옆에서 스파이킬러의 칼날 아래 잘린 종이 묶음을 김도 보았다. 잘리나 만 원고는 너덜너덜 다리가 여러 갈래가 되어버렸다. 웃지 않아야 하는데 김은 그만 웃음이 나왔다. 한번 터지기 시작한 웃음보는 오래도록 멈출 수가 없었다. 김은 아직 별명이 없다. 편집장을 감히 별명으로 호칭하는 부서원은 없지만 암암리에 편집장은 유리 문진 또는 문진으로 통했다. 유리처럼 깨지기 쉽고, 문진처럼 무겁게 가벼운 것을 누른다는 의미인 것 같았다. 실제로 문진은 무서웠다. 서른셋에 편집장이 될 만큼 능력이 특출하다고 정평이 나 있었다. 하지만 그건 편집장이 둘째 아이를 낳기 전까지의 일이었다. 둘째를 낳고서 편집장은 달라졌다. 킬러와 로리가 계단에서 수군대는 걸 김은 들었다.

"문진 남편이 요즘 집에 있대."

로리가 말했다.

"그걸 어떻게 알아?"

잿빛 립스틱을 칠한 킬러가 물었다.

"어쩌다가 들었어."

"힘들겠다. 네 명이 먹고살려면. 그래서 그렇게⋯⋯."

킬러가 말끝을 흐렸다.

"일하지 않는 남자보다 목표가 없는 남자가 더 싫어요."

둘의 대화에 끼어든 포스트잇이 마침표를 찍듯 말했다.

문진, 킬러, 로리, 지지난주 그만둔 포스트잇 그리고 김까지 편집부 직원은 도합 다섯이었다. 인턴사원이던 포스트잇은 문진과 한바탕 다투고는 그다음 날 바로 사표를 제출했다. 다른 인턴을 곧 뽑을 예정이라고 했지만 며칠째 편집장은 저기압이었다.

갑자기 편집장이 어, 하며 책상 위를 뒤적거리더니 김에게 소리치며 말했다.

"책상 위에 있던 종이 못 봤어? 서진 씨가 치웠어?"

김이 머뭇대며 말했다.

"버리는 건 줄 알았는데요."

"왜, 함부로 버려. 휴지통에 들어가기 전까지는 버리지 않겠단 뜻이지."

편집장이 그에게 쏘아붙였다.

"정말로 버리는 건 줄 알았는데요. 반쯤 찢어져 있었는데……."

김이 중얼거리듯 말했다.

"버린 데 가서 찾아와."

"박 씨 아줌마가 가져갔을 텐데요."

"쓰레기통을 뒤져서라도 찾아와."

편집장이 두말할 필요도 없다는 듯이 말을 잘랐다.

휴지통 속에 든 잡다한 것들까지 분리해내어 버린다는 건 김에겐 성가신 일이었다. 휴지통 속에는 김이 처음 보는 여성용품들이 문장에 함부로 끼어든 'ㅋ'처럼 섞여 있기도 했다. 박 씨는 청소를 끝마치고 쉬는 중이었다. 커피

를 마시고 있던 박 씨가 김을 보자 앉은 자리에서 일어나며
물었다.

"왜, 뭐 필요한 거라도 있어?"

"우리 방 쓰레기 중 버리면 안 될 종이를 제가 버렸나 봐
요. 편집장님 것인데."

"그럼 저쪽에 있는 봉투 열고 확인해봐. 그 방에서 나온
건 맨 마지막에 부었는데."

대형 쓰레기봉투 속을 뒤적이며 버린 것을 찾는 김을
보고 박 씨가 혀를 찼다. 김만 보면 아들 같다며 언제나 환
히 웃어주는 박 씨 앞에서 쓰레기를 뒤진다는 것이 민망스
러웠지만 김은 뒤지고 또 뒤졌다. 다른 쓰레기와 섞여 못
쓰게 된 종이류가 많아서 편집장의 종이를 찾기가 쉽지 않
았다. 일일이 내용을 확인하고 들추어봐야 했다. 마침내
반쯤 찢어진 그 종이를 찾아 읽은 김은 어이가 없었다. 거
기에는 이런 문장이 적혀 있었다.

'나의 행운은 언제나 불행으로 이어졌다.'

그 문장보다 더 짧은, 얼핏 숫자를 적은 것처럼 보이는
무언가가 그 아래 쓰여 있었지만 다른 방에서 배출한 물
먹은 종이에 젖어 글자가 흐릿해져 내용을 알아볼 수 없
었다.

김이 책상 위에 그 종이를 가져다놓자 편집장이 안경을 올리며 말했다.

"앞으론 잘 보고 버려라."

함부로 책상 위에 있는 원고나 서류를 보지 말라고 했던 편집장이었다. 김이 낙선작을 읽는다는 것도 편집장이 알아선 안 될 일이었다. 편집장은 김이 무언가를 읽거나 아는 체를 하면 그때마다 그에게 면박을 주곤 했다. 맡은 일이나 잘 해서, 그런 뉘앙스를 풍기는 말투였다.

편집장이 이상해졌다. 김이 찾은 종이를 핸드백에 넣고 편집장은 점심 약속이 있다며 사무실을 나갔다. 얼핏 스치듯 쳐다본 편집장의 감색 블라우스에 점점이 얼룩이 져 있었다. 킬러와 로리는 나쁜 기류를 눈치채고 먼저 밖으로 나간 뒤였다.

김은 아침에 읽었던, 모텔 이름을 까먹은 남자 이야기를 서랍에서 꺼내 한 장 한 장 북북 찢었다. 종잇조각들이 밤색 휴지통에 속속 떨어졌다. 엄마가 싸준 삼각김밥을 먹으며 김은 또 다른 낙선작을 꺼냈다. 낙선작은 많고도 많았다. 그렇게나 많은 소설가 지망생이 있다는 걸 그는 출판사에 입사하고 난 후에야 알았다. 그전까지 그는 컴퓨터와 놀던 사람이었다. 책을 읽는 것을 즐기지 않았다. 스물일

곱이 되도록 가상 세계에 빠져 있었을 뿐이고 학교를 졸업한 후에도 소설이든 수필이든 읽어본 것이 거의 없었다.

"아니, 고작 삼각김밥 두 개로 점심이 돼요?"

어느새 점심을 먹고 온 로리가 빨대로 커피를 쪽쪽 빨며 말했다.

"삼각김밥 한 개 칼로리가 어느 정도인지 누구보다도 잘 알잖아요."

로리는 피식 웃더니 생수통에서 물 한 컵을 받아 김에게 주었다. 로리는 변화무쌍하다. 검은 매니큐어를 칠하기도 하고 자주색 페디큐어를 칠하고 올 때도 있다. 편집장이나 킬러, 그만둔 포스트잇과는 달리 로리는 김을 배려해 주었다. 로리는 예쁘고 상냥하고 일도 제법 잘했다. 그래서인지 편집장도 그녀를 함부로 대하지 않았다.

로리가 자신에게 호감을 갖고 있다는 것을 알았을 때 그는 난감했다. 엄연히 로리는 직장 상사였고 대졸 출신이었다. 김은 아직도 호랑이의 힘을 믿었고, 호랑이는 사람이 짐작 못할 힘을 가졌을 거라 생각했고, 그리고 대졸은 대졸이었고, 고졸은 고졸이며, 상사는 상사였다. 김은 로리에게 거리를 두기 시작했다. 시간이 아까웠다. 김이 허비한 많은 시간들, 가상 세계 속에서 밤낮없이 음료나 야간 시간을 팔면서 지냈던 옛날에 비하면 그는 자신이 지금 하는 일이 만족스러웠다. 잡동사니 일에다 생수통을 바꾼다거나 휴지통을 비우는 일조차 나름대로 의미가 있는 것 같았다.

김은 새로운 낙선작을 읽다가 지업사란 단어를 발견하고 할아버지를 생각했다.

할아버지는 한때 종이에 미쳤었다고 한다. 아버지는 가끔 가다 할아버지 이야기를 했다. 할아버지는 오래전 전주에서 지업사를 운영했다. 지업사는 그런대로 잘되는 편이어서 아무런 문제가 없었다. 어느 날 친구가 홍콩에서 사 왔다는 죽피지를 보고 난 후에 할아버지는 그 종이에 혹해 죽피지를 만들어보겠다고 본업인 화선지를 만드는 일을 소홀히했다. 그러면서 죽피지도 제대로 만들지 못하고 가세가 기울어 지업사를 처분하고 서울로 올라오게 되었다. 그때부터 아버지는 온갖 고생을 도맡아 했다고 한다. 술만 마시면 아버지는 그 이야기를 하며 눈시울을 붉혔지만, 어떤 고생을 얼마나 했는지 상세하게 열거하지는 못했다. 소주와 돼지 껍데기를 먹으며 말하는 중에 단어를 깜박깜박 잊어먹곤 했다.

할아버지에 관해서라면 그에게도 선명하게 떠오르는

장면이 있었다. 김이 아주 어릴 적 일이었다. 방 안 가득 천 원짜리 지폐를 풀어놓고 한구석에서 돈을 세어 다른 구석에 쌓아놓다 그와 눈이 마주치면 할아버지는 종이꽃처럼 웃었다. 방 안 가득 돈이 널려 있었지만, 문방구에서 흔히 살 수 있던 종이돈이었다는 걸 그때 그는 몰랐다.

김이 낙선작 한 쪽을 채 읽기도 전에 킬러가 들어왔다. 편집장은 점심시간을 꽉 채우고 들어올 모양이었다. 김은 회수할 원고들을 가진 작가들에게 연락하고 식당을 예약하고 이런저런 비품들을 주문하랴 편집장이 시킨 자료들을 엑셀로 저장하랴 오후 내내 바빴다. 프린트할 것들이 많아 금세 용지가 바닥났다.

"서진 씨, 힘 좀 쓰지."

편집장이 김에게 말했다. 킬러와 로리가 빈 컵을 들고 몇 차례 앞에서 왔다 갔다 했다는 걸 그는 나중에야 눈치챘다. 김은 물통을 가져와 거꾸로 세워놓았다. 편집장이 구두 소리를 내면서 물통에 다가갔다. 킬러와 로리는 컵을 만지작거리면서 무너져 내릴 듯한 원고 더미 틈에서 슬쩍 고개를 들었다. 자리로 돌아온 편집장이 물 한 컵을 다 마시는 동안에도 물통 안에서는 부글부글 거품이 방울져 올라왔다.

출산 후 두 달 만에 문진이 복직하자 포스트잇은 문진과 이런저런 일들로 자주 충돌했다. 한낱 인턴 주제에 편집장에게 대들다니! 편집장의 부기 어린 눈에는 그런 표정이 감돌았다. 포스트잇이 사무실에 있는 동안 김은 늘 불안했다. 포스트잇이 또 무슨 잘못을 저지를까 봐 보는 내내 마음을 졸였다. 그녀는 나비처럼 살랑살랑 다니며 부서원들 책상 위에 포스트잇을 붙여놓곤 했다. 포스트잇은 붙기도 잘 붙었지만 떼어내도 흔적이 남지 않았다.

포스트잇과 문진은 서로 맞지 않았다. 포스트잇은 문진의 비위를 맞출 생각 따윈 없어 보였다. 포스트잇은 붙기는 잘 붙었지만 아부하는 타입은 아니었던 것이다. 어디에나 붙는 편인 포스트잇도 편집장이 가지고 있는 돔 모양의 문진에는 잘 붙지 않았다. 문진은 그 자체로 묵직한 기운을 사무실 내에 전파했다. 그 자리에 문진이 있다는 것만으로도 무거움이 전해졌다. 문진은 차가운 데다 가벼운 쪽을 누르려는 성향이 있어서 부서원들은 될수록 문진을 건드리지 않으려 애를 썼다. 편집장의 책상을 훔칠 때면 김도 조심조심 문진을 들었다가 놓았다.

포스트잇이 있던 다섯 달 남짓 동안 김은 불안한 가운

데서도 짜릿함을 맛보았다. 포스트잇이 붙어 있는 것을 볼 때마다 그 샛노란 쪽지가 자신에게 말을 거는 듯해 조금 설레었다. 포스트잇이 떠난 후 김은 자신을 스스로 위로했다. 포스트잇이니까 떼고 나도 흔적 같은 건 없을 거라고.

종이를 찢다 보면 김은 이상한 느낌에 사로잡히곤 했다. 전생에 그는 나무꾼이었을지도 몰랐다. 시대를 잘못 타고 태어나 나무 대신 종이를 만지며 살고 있지만, 그 시절에 태어났더라면……. 어쩌다 종이나 찢으며 화풀이를 하는 주제가 되었는지 생각하다 북북 종이를 찢다 보면 마음이 풀어졌다. 종이를 만지면 기분이 좋아진다. 좋아지는 기분과 슬퍼지는 기분 사이쯤에서 김은 찢는 일을 멈추곤 했다.

'호랑이' 하고 속으로 부르면 김은 후련해진다. 호랑이란 말 다음에 올 문구, 가령 호랑이가 물어갈……, 호랑이에게 잡혀가도……, 호랑이가 담배 피던…… 쯤을 연상하지 않더라도 호랑이란 말에는 묘한 느낌이 있다. 호랑이 연고부터 호랑이 꿈에 이르기까지. 게다가 올해는 호랑이 해니까 더욱더 호랑이란 말이 믿음직스러웠다.

호랑이는 힘이 세다. 하지만 안타깝게도 호랑이가 세다는 걸 증명하기 위해선 호랑이와 싸울 존재가 필요하다.

호랑이가 힘이 셀 거라고 확신하는 데에는 그러한 위험성이 내포되어 있다. 호랑이도 없고 호랑이와 싸울 존재도 없는 작금에 이르러 호랑이는 전설이 되었다. 동물원에 있는 호랑이는 호랑이가 아니었던 것이다.

"호랑이가 힘이 세다는 걸 증명해봐."

해리가 그렇게 말했을 때 김은 퍽이나 난감했다. 결국 해리는 그와 헤어지고 나서 정확히 백이십칠 일 만에 결혼 전문 사이트에서 만난 남자와 결혼했다.

가끔 김은 그런 생각이 들었다. 종이와 종이가 만나 결혼을 하는 것인가. 그녀의 결혼을 예로 들어 말하면 닥터 페이퍼와 고급 편선지가 결혼했다고도 말할 수 있겠다. 작년 이맘때쯤 두 종이가 서로 혼인 서약을 맺었으니 지금쯤 양질의 양피지가 태어났을지도 모른다.

'한 장의 이력서가 김이 어떻게 살고 공부했는지 그의 동선을 보여준다! 그것 말고는 객관적으로 평가할 방법이 없다!'

종이는 그가 태어난 순간부터 그를 대신해주고 있었다. 본적과 주민등록증과 학위증명서. 친구들은 대학에 입학하고자 또는 취직을 하고자 늘 시험을 치르느라 바빴다. 한 장의 이력서를 완성하기 위해 초등학교, 아니 유치원

부터 장장 열여덟 해를 참고서에다 머릴 박고 지냈던 것이다. 친구들이 학습한 책들을 쌓아놓으면 그가 사는 집이 꽉 찰 것만 같다. 스물여덟인데도 그들의 공부는 진행형이다. 무엇을 위해 그렇게 열심히 공부를 하는 것인지, 그들은 잘 알고 있었다. 하지만 김은 알지 못했고 공부에 총력을 기울일 수 없었다. 그는 그 의미를 다른 세계에서 주로 찾았다. 컴퓨터 속에서 세상을 검색하며. 그 결과물이 지금 김이 가지고 있는 이력이다. 아주 간단하게, '고졸'이란 두 글자로 요약할 수 있는…….

호랑이 발자국 위에 내린 눈처럼 말줄임표만 무성한 원고도 있었다. 무슨 소리인지 알 수 없어 다 읽지도 않고 도로 제자리에 놓아두기도 했다.

대부분의 원고는 '다' 자로 끝났다. 간혹가다 '데' 자 또는 '까' 자로 끝나는 것도 있긴 하나 구십구 퍼센트는 '다' 자로 끝났다. 마지막 문장을 읽으며 느끼는 그의 안도감은 곧바로 경쾌한 파열음으로 이어지곤 했다. 김은 쫙쫙 낙선작을 찢었다.

서당 개 삼 년이면 라면은 좀 끓인다는데, 서진 씬 왜 그리 감을 못 잡냐. 국물이 짜다. 라면에 햇반을 말아 먹으며 편집장이 말했다. 점심도 제대로 못 먹고 들어왔는지 편집장은 허겁지겁 라면 국물을 마셨다. 아이디어가 달릴 때마다 탄수화물이 당긴다고 국물을 훌쩍거리며 편집장은 후렴구처럼 툴툴거렸다. '이제 겨우 일 년도 안 된, 호랑이나 쫓아다니는 개일 뿐인 걸요.' 쌈박하게 말대꾸를 하고 싶었지만……. 편집장은 말발이 센 사람이었다. 함부로 대구를 하다간 내내 그 일로 시달릴 게 뻔했다.

어쩌면 그 일 때문일지도 몰랐다. 김은 퍼뜩 감이 왔다. 편집장이 휴가를 가기 바로 전, 지금으로부터 세 달 반쯤 전에 편집장은 신인문학상 심사 건으로 곤욕을 치렀다.

그 당시 응모작은 총 구백칠십일 편이었다. 심사는 A, B, C, D, E, F에게 응모작들을 여섯 등분으로 나누어 배분하는 것으로 시작되었다. 일차 심사를 통과한 원고들이 속속 도착했는데 F에게 보낸 원고 뭉치가 돌아오지 않았다. 전화를 하고 이메일을 보냈으나 F와 연락이 되지 않았다. 참다못한 편집장이 온갖 방법을 다 동원해 수소문한 결과 F의 애인이 교통사고로 세상을 떴다는 것이었다. F는 넋이 나가 몇 편의 원고를 읽었는지 기억하지 못했고, 그 와중에 핸드폰마저 잃어버렸다고 했다.

편집장은 김에게 빨리 F의 집으로 가서 원고 뭉치를 가

져오라고 했다. 김이 가져온 원고는 무려 백육십이 편에
달했다. 평균 잡아 한 편당 열 장에서 스무 장 정도라고 해
도 무려 이삼천 장에 달하는 매수였다.

종이 뭉치를 바라보는 편집장의 배가 갑자기 더 불러 보
였다. 편집장은 열이 난다며 김에게 창고에 가서 선풍기를
꺼내오라고 했다. 원고를 살펴보던 편집장이 갑자기 선풍
기 쪽으로 원고 뭉치를 던지듯 흩뿌렸다. 원고 두세 편이
부메랑처럼 편집장 앞쪽으로 다시 떨어졌다. 편집장은 그
것들을 집어 들었다. 그걸로 무얼 어쩌겠다는 것인가, 김은
순간 눈길을 돌렸다.

편집장의 그다음 행동이 어떠했는지는 그도 알 수 없었
다. 김은 곧바로 퇴근을 했다. 그날 밤늦게 편집장이 전화
를 했다. 가상 게임 공간에 대해서 그리고 테란에 대해서 이
것저것 그에게 물었다. 그 게임명이 '세컨드 라이프'였다.

김이 선풍기 장면을 킬러에게 이야기하는 걸 편집장이
목격했다. 누군가에게 말하고 싶었다. 그렇게 털어놓으면
그 장면이 가지는 진의에 대해서 듣는 사람이 그럴 리가
없다고 단호히 말해주길 김은 바랐는지도 몰랐다.

김이 어렵사리 꺼낸 이야기를 듣더니 킬러가 말했다.

"뭘 그걸 가지고 그래. 편집장이 뽑는다고 해서 된다는

보장도 없는데. 다섯 명의 심사위원이 더 있잖아. 뭘 걱정해. 어차피 공동 의견을 수렴할 테고 편집장 혼자 결정하는 일도 아닌데."

크크, 킬러가 웃더니 덧붙여 말했다.

"선풍기로 선별을 한다, 참 재미있는 발상이네. 선풍기가 뽑은 당선작, 완전 선풍적이겠네."

보통 때라면 편집장은 절대로 그런 행동을 하지 않았을 것이었다. 출산 며칠 전이었고 배는 부른데, 그 배보다 더 부른 종이로 만든 산이 턱 놓여 있었으니 불안했을 것이다. 따지고 보면 편집장의 잘못이 아니었다. 일차적인 책임은 F에게 있을 것이었다. 김은 원고 뭉치를 바라보던 편집장의 표정을 잊을 수가 없다. 편집장은 원고를 겁내고 있는 것 같았다. 종이를 무서워하는 것처럼 보였다. 만삭인 편집장이 그 지경이라면 다른 사람이 그 일을 대신해주어야 했겠지만 부서원들 모두가 힘든 때였다.

아이로니컬하게도 그때 선풍기 앞에 뿌려졌을지도 모를 원고들 중에서 당선작이 결정되었다. 이해하긴 난해하지만 「세컨드 라이프」는 분석을 바라고 쓴 글은 아닌 듯하다며 수작이 나왔다고 평론가는 말했다.

대부분은 미출간된 채 쌓여가는 원고 더미 속에서 편집

장은 십 년을 보냈다. 두 아이를 돌보며 한두 달 더 쉬다가 일하면 좋을 터인데 경제적인 사정이 간단치 않아 보였다.

김이 고졸 출신이라는 걸 모르던 포스트잇이 몇 학번이냐고 묻기도 했고 전공이 뭐냐고 물은 적도 있다. 그녀가 입사하고 나서 얼마 지나지 않았을 때였다. 대학 졸업을 전제로 한 대화가 오갈 때마다 김은 불편했다. 고교 졸업 후 군대 마치고 바로 취직했다고 하면 그때부터 대화가 끊기고 어색해질 게 뻔했다.

지난해 정부가 청년실업 문제 해결을 위해 시행한 행정인턴 지원 요건 중 하나는 대졸 학력이었다. 공무원과 신입사원 채용에서는 학력 제한을 없앴지만 정작 인턴에게 대졸 학력을 요구한 것이다. 국가인권위원회가 시정 권고를 하자 부랴부랴 고졸 이상으로 수정했지만 인턴으로 뽑힌 사람 중 고졸자는 거의 없었다.

김은 피씨방에서 야간 아르바이트를 했고 편의점에서 주간 아르바이트도 했으며, 대형 할인매장에서 주차요원으로도 일했다. 그러다 열 달 전에 지금의 출판사에 임시직으로 채용되었다. 임시직이긴 하나 사대보험이 제공된다는 조건이었다.

슬슬 낙선작을 배출해야 할 시간이 다가온다.

오늘 할 일 중에서 맨 마지막으로 김이 미뤄놓은 일이었다. 무작정 원고 뭉치를 찢어버릴 수는 없었다. 원고도 종이니까 마땅히 재활용되어야만 했다. 분리수거가 원칙이었다. 그렇다고 모든 낙선작을 통째로 분리 배출해서 재활용 쓰레기로 내놓는 것은 석연치 않았다. 그 중간쯤에서 김은 해결책을 찾았다. 가능한 한 읽을 수 있을 만큼 읽고 난 후에 읽은 원고는 찢어버리겠다고 작정했다. 너무 잘게 찢으면 박 씨에게 미안하므로 A4 한 장당 두세 번씩만 찢어버리기로 했다. 당선작이 결정된 후 남은 원고는 삼 개월간 보관하기로 돼 있으므로 그동안 될수록 많이 읽겠다고 다짐했다. 그리고 호랑이라는 단어가 나올 때마다 서랍 안에 있는 메모지에 '正' 자를 긋기 시작했다. 집과 회사를 오가는 버스 안에서 원고를 읽을 때 호랑이가 나오면 휴대폰에 그 숫자를 저장해두었다. 틈틈이 쉬는 시간을 활용해서 읽고 또 읽었지만 저장된 정 자의 수는 한 개에 불과했다. 거의 세 달에 걸쳐서 김은 고작 호랑이 다섯 마리를 잡은 것이었다. 하필이면 호랑이일까 하고 김은 고개를 갸우뚱하다가도 올해가 호랑이 해라는 데 생각이 미치면 그럴 법도 하다는 생각이 들었다. 휴가에서 돌아온 편집장이 회의 때 이야기한 것을 김은 잊지 않고 있었다.

"올해가 호랑이 해니까 호랑이라는 낱말이 제목으로 들어가는 책은 부수가 조금 오를 수도 있으니 인쇄소에 연락해서 미리 준비하는 것도……."

김이 찾아보니 제목에 호랑이가 들어간 책은 모두 세 권이었다.

목표를 가지고 찾는다는 것만큼 사람을 긴장하게 만드는 일도 없을 것이다. 그때부터였을 것이다. 호랑이라는 단어를 찾으며 그는 원고를 읽었다. 적어도 지루하다는 느낌만은 떨쳐버릴 수 있었다. 호랑이의 힘이었다. 호랑이를 빌미 삼아 한 작품이라도 더 읽는다면, 낙선작을 가차 없이 재활용 쓰레기로 분류할 때 느끼는 중압감이 얼마간 가벼워질 것 같았다. 낙선작들은 그럴 만한 이유가 있겠지 하고 김은 생각했다. 김이 낙선작을 읽기 시작한 것도 어찌 보면 그 이유를 찾기 위해서이기도 했다. 그런데 어느 날, 다른 출판사에서 뽑은 당선작을 읽고 나서 생각이 바뀌었다. 굳이 뽑힐 만한 장점이 없는 원고였다.

편집부에는 언제나 처분해야 할 파지가 쌓이고 쌓였다. 당선작은 누가 읽어도 상관없을 터였다. 당선작이란 머리글을 달고 인쇄되어 나갈 것이므로. 그러나 낙선작들의 처지는 그걸 보낸 당사자들도 그 행방을 궁금해하지 않을 터였다. 그저 사라질 뿐이었다. 분명히 그렇게 명시하고 있었다. '응모된 원고는 반환하지 않습니다.' 부서원들 중 누구도 낙선작에 한눈파는 사람은 없었다. 낙선작이어서가 아니라 그만큼 읽을거리가 많아서 낙선작에까지 할애할 시간이 없었다.

오후 네 시가 넘어가자 긴장이 느슨해지는 소리가 들렸다. 누군가의 배에서 소리가 났다. 긴은 웃음이 났다. 킬러와 로리가 배가 고파 집중이 안 된다며 잠시 코를 박고 있던 문서들에서 눈을 들었다. 그때 박 씨가 들어왔다. 출출할 때 먹으라며 박 씨는 포스트잇이 썼던 책상 위에 달걀 한 판을 올려놓았다.

"삶은 달걀이야, 생달걀 아니고."

편집장 곁을 스치며 박 씨가 중얼거렸다.

박 씨가 뒤뚱거리며 방을 나갔다. 오십 대 후반인 박 씨는 다리가 심하게 휘었다. 박 씨가 걷는 모습은 조마조마했다. 그런 걸음새로 일 층에서 칠 층까지 오르락내리락 쉴 틈 없이 쓸고 닦았다. 박 씨 손을 거치면 파지가 두루마리 화장지가 되어 오기도 하고 토마토 한 봉지가 되어 오기도 했다.

얼핏 책상 아래 포스트잇이 버리고 간, 혹은 미처 챙겨 가지 않은 슬리퍼가 보였다. 김의 옆자리에 앉아 조잘대던 포스트잇. 언젠가 그녀에게 슬리퍼를 챙겨다 주어야지. 김은 달걀 한 개를 더 깨뜨리며 생각했다.

김이 무거운 파지 뭉치를 들고 가다 한 묶음이라도 떨어뜨릴라치면 부서원들의 반응은 제각각이었다. 떨어진 묶음을 주워 뭉치 위에 올려주는 사람, 그 소리 때문에 집중이 안 된다는 듯 눈살을 찌푸리는 사람, 잠자코 하던 일을 계속하는 사람. 포스트잇은 떨어진 묶음을 주워들곤 김을 따라오며 말을 시키곤 했었다.

가상 게임 공간 '세컨드 라이프'에서 출판사로 옮겨 오면서부터 김은 말수가 적어졌다. 이력서를 내고 결과를 기다리는 동안 필름이 끊길 정도로 술을 마시기도 했다. 술을 즐겨하지 않던 그는 술을 마시면 종종 구토를 했다. 구토를 하면서 눈물이 핑 도는 상태에서 느껴지는, 자신의 존재감이 완전히 지워진다는 기분은 때로 위로가 되었다.

김이 ㅅ출판사에 들어온 것은 그놈의 술 때문이었다. 김의 아버지는 위벽이 뚫릴 정도로 술을 마시다 어느 날 구급차에 실려 갔다. 생전 처음 느끼는 공포감이었다. 아버지가 죽을지도 모른다. 그때까지 대책 없이 아버지의 등골을 빼먹고 살았던 김은 퍼뜩 정신이 들었다. 아버지가 술을 끊으면 저도 '세컨드 라이프'를 끊겠습니다. 김은 불현듯 자신의 입에서 흘러나온 맹세에 놀라면서도 아버지만 괜찮다면 그럴 수 있으리라고 생각했다. 아예 게임을 하지 않겠습니다. 곧이어 두 번째 맹세가 김의 입에서 술술 흘러나왔다. 아버지는 곧이곧대로 그 말을 믿어버렸다. 술로 죽는다는 사실보다는 아들의 장래가 더 걱정스러웠나 보았다.

퇴원 후 아버지는 술만 끊은 것이 아니라 그때까지 다녔던 회사도 그만두게 되었다. 김은 병원에서의 약속대로 이력서를 내고 일자리를 알아보았다. 파주에서 가까운 곳에 산다는 것이 김이 채용된 가장 큰 이유였다. 지금껏 살았던 방식이 아닌 온통 문자투성이인 새로운 세계에 그렇게 김은 발을 들여놓았다.

처음에는 그저 종이를 찢을 때 나는 소리가 통쾌해서 파지를 찢었다. 파지밖에 없었다. 회사에서 김이 푸념을 털어놓을 대상이. 그러다 낙선작을 읽으면서였던가. 이야기에 눈을 뜨면서 파지를 덜 찢게 되었고 호랑이란 낱말을 찾기 시작했다. 숲에서 바늘을 찾는다는 기분이 들긴 했다. 어차피 종이는 나무에서 만들어졌고 그 나무는 숲에서 왔을 테니, 종이에 쓴 이야기를 읽다가 호랑이를 찾는 일은 그럴듯해 보였다. 김이 그 일에 빠져들수록 원고를 읽는 속도가 빨라졌다. 따분하고 지루한 것도 많았지만 그렇게나 많은 이야기가 현실 세계에 존재한다는 이유만으로도 '세컨드 라이프'에서 빠져나온 김에겐 충분히 흥미로웠다. 난생처음으로 이야기가 좋아지기 시작했다.

결코 인쇄되어 나올 것 같지 않은 대량의 원고들 틈에서 참 따분하기 이를 데 없군, 하는 표정으로 입을 꾹 다물고 편집장은 읽고 또 읽는다. 인쇄되어 나올 만한 작품을 선별하는 일이 편집장이 주로 하는 일이다. 응모작 외에도 편집부에는 많은 작품이 수시로 들어왔다. 모두가 인쇄되어 나올 것을 희망하는 작가나 작가 지망생들의 작품이다. 글에 빠져 있을 때면 편집장은 의자에서 꼼짝 않고 김을 불러댔다. 블랙 한 잔, 딱풀, 라면. 편집장은 동사 하나 붙이지 않고 단어로만 일을 시켰다. 편집장이 몹시 사나워졌다고 생각될 때마다 김은 맘속으로 호랑이를 불러대곤 했다. 그랬는데, 한순간 모든 것이 명료해졌다. 호랑이가 물어갈……, 되뇌다 정신을 차리고 생각해보니 호랑이가 물어 갈 놈은 편집부 내에서 오로지 그 자신뿐이었다.

시간이 흐를수록 편집장은 지쳐 보였다. 문진이 놓여 있는 책상 위는 일회용 컵과 구겨진 탄산음료 캔이 섞여 지저분해 보였다. 편집장이 퇴근하기 전에는 책상 위를 건드리면 안 되었다. 핏발이 선 눈으로 편집장이 얼핏 김을 바라보았다. 아무런 표정이 없이, 멍…….

갑자기 편집장이 핸드백에서 종이 한 장을 꺼내더니 어떤 종이 묶음 뒤에 그 종이를 호치키스로 찍었다. 그러곤 휴지통에 던져 넣었다.

"나 먼저 퇴근한다. 플러그 뽑는 것 잊지 말고."

김은 달걀 몇 개를 서류봉투에 담아 얼른 편집장에게 건넸다. 편집장이 버리고 간 종이 묶음은 마지막 장이 뜯겨졌던 바로 그 원고였다. 쓰레기통에서 김이 찾아온 마지막 페이지를 편집장이 붙여서 버렸고, 퇴근하기 전 김은 처음부터 끝까지 그 작품을 읽었다.

'나의 행운은 언제나 불행으로 이어졌다.'

그 문장은 여러모로 불필요해 보였다. 마지막 쪽인 십삼 쪽을 빼고 읽어도 이야기는 크게 달라지지 않았다.

김은 원고를 찢어 휴지통에 넣고 문진을 조심조심 들었

다가 한옆에 치워놓고 책상을 정돈했다. 유리창을 통해 들어온 저녁놀이 유리 문진을 만화경처럼 힐끗힐끗 요란하게 채색했다. 본디 거의 투명에 가까웠던 유리 빛이 화안해졌다. 책상 위에 안착한 우주선처럼, 문진에서 서리 같은 한기가 뿜어져 나왔다.

이어서 로리와 킬러가 퇴근을 했다.

김이 한때 무작정 종이를 찢었던 것처럼, 편집장에게 그는 지금 종이 같은 존재인지도 모른다. 편집장의 행동 양식은 종이를 찢는다는 행위와 같은 맥락에서 해석될 수 있었다. 김은 '맥락'이라고 분명히 생각했지만, 자신이 '맥락' 같은 단어를 쉽게 떠올리는 사람이 될 줄은 미처 생각지 못했다. 가상 게임 공간에서 맥락은 그가 생각하고 말고 할 단계가 아니었다. 그 프로그램을 진행하고자 끼워 맞출 조각들을 찾아 밤낮 헤맸을 뿐이었다. 마우스를 클릭하다가 맥락을 떠올릴 틈이 과연 있었던가.

질기고 질긴 종이처럼 그는 죽 ㅅ출판사에서 일하고 싶다고 생각한다. 언젠가 '나의 행운은 언제나 불행으로 이어졌다'라는 말이 무엇을 암시하는 것인지 편집장에게 물어보리라 다짐한다. 그 원고를 어디에서 누가 어떤 경로로 보낸 것인지도 물어보고 싶다. 분명 자신이 모르는 무언가를 편집장은 알고 있을 것이다. 김은 서둘러 주변을 정돈하고 낙선작 꾸러미를 챙겼다. 그러곤 '종이류'라고 쓰인 재활용 쓰레기 수거함에 그 뭉치를 넣었다.

시간이 좀 지나면 그가 버렸던 파지들이, 겨울밤 군밤을 싸는 봉투가 되어 혹은 달걀을 품는 골판지가 되어 편집부로 되돌아올지도 모른다. 종이는 재활용이 되므로 어떤 형태로든 돌아올 것이다. 어느 누구도 자기가 버린 종이라고 감지하지 못할 수도 있을 터이지만, 어쨌든 온다. 호랑이를 삼킨 종이가 돌고 돌아서 올 것이다.

문득 양평사거리에서 모텔 이름을 잊어버려 여자와 결별한 소설 속 남자 생각이 났다. 그 모텔 이름이 '강가'였던가. 김은 소설을 읽듯이 그녀의 이름을 잠시 떠올렸다.

아는 사람은 언제나 보이잖아요

아내가 텔레비전에 나왔다. 뉴스 시간이었다. 태풍 머플러 때문에 홋카이도 공항에 발이 묶인 사람들, 그들 중에 아내가 있었다.

아내는 지금 강원도에 있어야 한다. 어떻게 아내가 저기 있을 수 있지. 아내를 닮은 여자일 것이다. 아내가 일본 사람처럼 보이는지 나와 나란히 긴자 거리를 걷고 있을 때 일본어로 길을 묻거나 말을 거는 사람들도 있었다. 그런 경우이겠지. 아내가 저기, 저 옆에 저 남자랑 저기 있을 이유는 단연코 없는 거지.

나는 확신한 나머지 바로 확인 전화를 했다. 그때 텔레비전 속 아내가 전화를 받았다. "어디야?" 하고 물으니 기자와 인터뷰하는 학생 옆에서 아내가 강릉이야 하는 입 모양이 확연했다. 그때 옆에 있던 모자를 쓴 남자는 핸드폰을 든 아내 옆에서 멀찌감치 떨어졌다. 실시간으로 방영되는 동영상을 보는 듯했다. 나는 다시금 물었다. 언제 와? 하니까 파나마모자를 쓴 아내의 입 모양이 말했다. 내일.

내일 오후 아내는 연수를 마치고 집으로 곧바로 올라올 예정이었다. 서울 집에서 이틀 머문 후 화요일에 근무지인 대전으로 내려가기로 돼 있었다.

태풍 때문에 홋카이도에서 비행기가 이륙하지 않을 것이고 그러면 내일 오는 아내는 텔레비전 속 인물과 동일 인물이 아니다. 나는 곰곰 내일을 기다렸다. 다음 날 아내는 예정된 도착 시간에서 두세 시간 늦게 집에 왔다. "웬 사람들이 그렇게 많이 움직이는지, 차가 너무 많이 막혔어. 오래 차 안에 갇혀 있었더니 두통이 심해." 아내는 샤워 후 바로 약을 먹고 잠자리에 들었다. 이것저것 궁금한 게 많았지만 아내가 기진맥진해 보여서 묻지 않았다. 그녀가 집에 온 후에도 홋카이도에서 인천으로 오는 항공편은 결항이었다.

나는 아내가 잠든 사이 아내의 가방을 뒤져 여권이 있는지 확인했다. 가방에 여권은 없었다. 그럼 어디에 있을까. 어젯밤 아내와 공동으로 사용하는 금고 안을 체크했는데 거기에도 여권은 없었다.

다시 한밤중에 살며시 일어나 금고 안을 살펴보았다. 아내의 여권이 보였다. 어느 사이에 넣어둔 거지? 의아해하며 여권을 펼쳤다. 그때 아내가 슬리퍼를 꿰차고 마룻바닥을 딛는 소리가 들렸다. 얼른 핸드폰 전등을 껐다. 그리고 변기 물소리에 맞추어 금고 문을 닫았다.

왜 이런 상황에서 얼마 전 있었던 그 일이 떠오르는 것인가. 와이가 그렇게 억세게 나를 붙잡은 적은 없었다. 와이의 발톱이 손바닥을 파고들어 몹시 쓰리고 아픈 나머지 와이를 떼어냈다. 발톱 일부분이 내 손바닥에 박힌 채, 와이는 다른 발톱으로 내 팔목을 붙잡았다. 어찌나 안간힘을 써서 나를 찔렀던지 팔목 부근이 아릿아릿했다. 나는 떼어내려가면서 결국 안고 있던 와이를 놓아버리고 아내를 꽉 붙들었다. 와이는 보통 때 같으면 어, 어, 어, 하면서 자기 할 말을 다 했던 아이인데, 뭔가를 아는 것처럼 입을 꾹 다물고 있었다.

와이의 이름은 왜(why)였다. "사람이 몸에 붙는 걸 싫어하는 녀석이 결혼하는 것까진, 제수씨니까 하고 이해가돼. 그런데 네가 유기묘를 입양해서 키운다? 털이 자꾸 몸에 붙어 귀찮을 텐데. 근데 왜?" 반려동물을 맞이한다고 했더니 친구들이 지어준 고양이 이름이었다.

와이가 하류 쪽으로 사라진 후 나와 아내는 한 시간여 버티다가 119에 구조되었다. 우리가 스킨 스쿠버 다이빙을 배웠다는 점이 도움이 되었을 거라고 구조대원 중 한 사람이 말했다. 급물살에서 몇 시간 동안 살아 있었다는 것 자체가 거짓말 같은 일이었다. 우리는 그런 날씨에 그곳에 있었다는 사실에 민망해서 연신 죄송하다는 말만 읊었다. 나는 와이 이야기를 꺼내지도 못했다. 오히려 먼저 정신을 차린 아내가 구조대에게 와이가 떠내려갔다고 울먹였다. 관계자가 신경질적인 목소리로 말했다. 시급한 문제들이 많아서 와이의 생사는 지금 알아볼 수 없습니다. 소도 떠내려가는 마당에, 작은 개 한 마리쯤……, 어디로 갔는지 알 수 있으려면 수위가 많이 내려가고 이곳 수재민들이 안정을 되찾는 시점이 될 것 같습니다. '작은 개가 아니고 작은 장묘종 고양이인데요.' 그 말이 입 안에서 맴돌았지만 차마 말할 수 없었다.

집에 와서 아내는 내게 따져 물었다.

"생전 캠핑 같은 거 안 가던 사람이 하필이면 이런 날 왜 캠핑에 와이까지 데리고 가서 이 지경이야!"

아내가 머리를 신경질적으로 헝클며 말했다. 나도 할 말은 있었다.

여행을 계획할 때 나는 일일이 아내에게 일기예보를 포함한 우리 일정을 메신저로 보냈다. 메신저에서 '1'이란 숫자가 사라지자마자 아내는 'ok'라고 답했다. 삼십 분쯤 지나 다시 아내가 메시지를 보냈다. 와이를 맡길 만한 데가 없어 콘도보다는 캠핑이 좋겠다는 내 의견에 자신이 텐트를 빌려오겠다고 했다. 둘이 결정한 일인데 왜 내 탓만? 억울했지만 그녀는 원래 뭔가 캐묻는 걸 싫어한다. 이 상황에서 내가 시시콜콜 따진다면 서로 감정만 더 상할 뿐이었다.

"이제 어쩔 거야?"

"어쩌다니?"

"나는 내일 대전으로 내려가야 돼. 요즘 일이 바빠."

그럼 어떻게 하려고? 하는 말이 나오려고 했지만 발설하진 않았다.

아내는 기실 와이에게 해준 것이 없었다. 일주일에 오일을 대전에서 지냈고 이틀은 서울에서 셋이 지냈지만, 주말에는 주말대로 업무가 많았다. 친구들도 만나고 쇼핑도 하고 집에 있는 시간이 드물었다. 집에는 언제나 와이와 나 둘이 있었다. 와이도 나와 마찬가지로 집에 있는 걸 좋아하는 편이었다. 가끔 산책할 때 데리고 나가면 털이 곤두서는 게 눈에 보일 정도였다. 낯선 사람을 극도로 두려워했다. 둘이 기질이 비슷해. 아내는 우리를 보면서 혼잣말하듯 말하곤 했다.

와이의 사료도 배변 처리도 모두 내가 도맡아했다. 아내는 프리미엄 벤토나이트로 만들어서 먼지가 없는 고양이 모래에서도 먼지가 난다고 만지길 싫어했다.

아내가 대전에 있는 주중에 와이와 나는 함께 지냈고 그 루틴이 평온했다. 서로 시간을 존중해주며(물론 와이는 매일 거의 열여덟 시간을 잠에 빠져 지냈다) 그 영역을 넘나들지 않았다. 가끔 심심할 때면 와이는 자판을 두드리는 내 팔뚝에 와서 살며시 눕고는 했다. 그럴 때는 전혀 고양이 같지 않았다. 찌르르했다.

캠프장에서 돌아온 다다음 날 신경질적인 목소리의 관계자가 전화했다. 와이는 우리가 구조된 곳에서 멀지 않은 방갈로 언덕에서 발견되었다. 결국 그 녀석을 화장해야 했다. 평일이라 아내는 대전에서 올 수도 없어 혼자 영지계곡으로 향하는데, 궁금했다. '고양이, 개, 물고기, 새 같은 반려동물을 제외하고 집 밖에서 죽은 동물들은 모두 어디

로 갔을까?'

단지 안에 든 와이를 옷장 구석에 두었다. 성묘하러 갈 때 선산에 묻을 요량이었다. 와이는 나의 가족이었으니까 당연했다.

와이가 죽은 후 아내는 변했다. 원래 말이 없던 편이었는데 집에 오면 말이 많아졌다. 그리고 친구들을 만나러 외출하는 일도 줄이고 종종 함께 산책을 나가자고 했다.

나는 변한 아내가 맘에 들지 않았다. 그냥 와이가 살아 있을 때처럼 서로의 시간을 존중해줬으면 했다. 이즈음 혼자 생각할 게 많았다. 아무리 생각해도 내가 왜 그때 거기로 와이를 데리고 캠핑을 가자고 했는지, 후회됐다. 아내는 왜 그걸 찬성했을까. 언제든 내 의견에 곧잘 반대를 표명하던 아내가 선뜻 응하니까 더는 할 말이 없었던 것이다. 그때 아내는 왜 내 의견에 순순히 동조했을까? 혹시 뭔가 잘못한 일이 있었던 것인가? 출입국관리사무소에 아내의 출입국 기록을 문의했지만 그건 개인정보라 본인 외에는 알려주지 않았다. 아내는 여권을 어디에 두었을까.

여행이나 다녀올까? 도쿄 갔다 온 후 우리 나가본 적이 없잖아. 여권 어디 있어? 하고 말했을 때, 여권을 잃어버려 재발급 신청했다고 아내는 말했다. 그날 밤 분명 금고에 있었는데 그 기록을 확인하지 않은 게 잘못이다. 화요일 새벽, 아내가 대전으로 간 후 금고 안에서 어느새 사라져버린 여권.

와이가 살아 있을 때 나는 아내보다 와이에게 집중했다. 와이는 내가 보살펴주지 않으면 죽을 수도 있고 아내는 내가 필요 없었다.

와이가 사라진 지금, 집에는 묵언 수행하는 룸메이트 둘만 남아 있다.

그가 쓰는 글은 재미가 없었다. 그녀는 재미있는 글을 읽고 싶었다. 재미는 그녀가 추구하는 최선이었다. 그녀는 사는 재미가 없었다. 그녀는 먹는 재미가 없었다. 그녀는 입는 재미가 없었다. 오로지 그녀에게 남은 것은 읽는 재미뿐이었다.

처음 그녀와 그를 만나게 해준 사람은 그 둘이 동시에 좋아하는 보기 드문 사람, 사람의 심리를 색깔로 읽어내는 사람이었다. 당신 둘은 본래 안 맞아. 처음엔 대비 대조되는 색깔이 뚜렷하게 보이겠지. 하지만 곧 경계가 물드는 지점이 생기며 각자의 색채가 한결 유려해질 거야. 난 그걸 믿어. 당신들은 날 믿어야 해. 그가 억지를 부리듯 하는 말에 둘은 풋 웃음을 터트렸다.

둘이 북한산에 올랐다. 습기 많고 더운 날이어서 백운대가 바로 눈앞에 보이는데 너무 힘들어서 오를 수가 없었다. 여기까지 왔으니 이제 내려가자는 그의 말에 그녀가 빙긋 웃다가 말했다. 여기까지 왔으니 그냥 정상까지 가요. 그때 그는 결심했다. 내가 결혼할 여자다! 삼십구 년 만에 처음으로 좋아한 여자가 아내였다.

그러나 결혼 후 다섯 달, 일 년, 오 년이 지나도록 경계가 물드는 지점은 좀체 생기지 않았다. 그녀가 자기 살갗처럼 느껴지지도 않았다. 그는 그녀가 읽고 싶어 하는 글을 쓸 수가 없었다. 소설가는 자기의 직관에 의해서만 작품을 쓸 수 있는 사람을 일컫는다고 했으나 머릿속에 떠오르는 물상을 몸을 통해 머리 밖으로 받아 적는 일은 어려웠다. 그가 그렇게 노력하지만 그렇게 표현된 문장은 실로 보잘것없었다. 인식의 측면에서 새로움을 줄 수 있는 소설을 쓸 수 있기는커녕 밤늦게 문장 한 행을 고쳐 읽으며 스스로 만족해할 따름이었다. 그러다 노선을 변경할 필요를 느꼈다. 그녀를 좋아했다. 그녀도 그를 아직 좋아하는 것 같긴 하지만, 서로 그 문제에 관해선 아무 말도 하지 않고 있다. 섣불리 자신의 감정을 표현하는 것보다는 자신의 심리에 말 없는 주석을 다는 것이 편했다.

이대로 묵언 수행하는 이들처럼 살다가는 예정된 수순대로 헤어지자고 이야기하는 지점에 이르러서야 비로소 그들의 문제점들을 낱낱이 해부하게 될 것이었다.

그는 앞으로는 재밌는 글을 써야겠다고 다짐할 것이다. 그녀는 앞으로 재밌지 않은 글도 틈틈이 읽어야겠다고 맹세할 것이다. 소리 없는 맹세를 뒤로 하고 그들은 각자 갈 길을 갈 것이다. 몇 년 뒤 재밌는 글을 쓰게 된 남자가 재밌지 않은 글을 읽어주는 여자를 만난다. 그 후 그들은 글쎄, 잘되고 있을까?

이 글은 어떤 형태로든 발표하지 못할 것이다. 그녀와 그를 아내와 나로 치환해서 읽는 이들이 있을 것이다. 지인들은 아내를 구했다는 사실로 인해 소설가로서의 나에 대해선 과소평가하면서도 남편이란 내 직업을 과대평가하고 있다. 아내의 손을 잡고 와이를 품에서 놓아버렸다는 것이 과대평가될 일인가. 모르겠다. 내가 그 반대의 행동을 했더라면 사람들은 어떤 반응을 보였을까?

나는 영화를 볼 때 아슬아슬하거나 무서운 장면이 나오면 볼륨을 죽이고 봤다. 소리가 들리지 않으면 아무리 아슬아슬하고 무자비한 장면도 실제로 일어나는 일이 아닌 것 같다. 와이의 꾹 다문 입을 바라본 그 한순간에 나는 결정을 내렸고, 할 수만 있다면 나를 제일 먼저 놓고 싶었을 것이다. 하지만 또 그럴 순 없었다. 숨은 본능적으로 쉬어졌다. 코가 맵고 눈이 아팠지만 숨이 쉬어졌다. 그냥 강물을 들이마셨더라면 숨이 멈췄을 텐데. 와이의 발톱이 파고든 손바닥에서 피가 흘러 물에 번졌다. 익사할 수도 없고 움직일 수도 없는 채, 셋이 그 시간을 고스란히 견뎌야 하는 물속이었다.

어쩌면 사건의 발단은 내가 와이를 입양한 날부터 시작된 것은 아닐까. 아내를 깜짝 기쁘게 해주려고 와이를 데려왔다. 길고양이를 볼 때면 그냥 지나치는 법이 없이 꼭 쓰다듬곤 했던 아내가 당연히 와이를 좋아할 줄 알았다.

와이의 혀가 얼마나 꺼끌꺼끌한지 알아? 아내가 큰 소

리로 물었다. 입양한 후 얼마 동안 아내는 와이를 두려워
했다. 맨살을 쓸어대는 것 같다(내게는 그 느낌이 꼭 가려운
데를 와이가 대신 긁어주는 것처럼 시원했다), 자꾸 소름이
돋는다면서 온몸으로 격하게 불편함을 표현하곤 했다. 자
기 어깨가 많이 올라가 있다. 굳은 어깨는 격심한 스트레스
가 그 이유라고 했다. 와이는 드문드문 잊을 만할 때 아내
를 핥았다. 아내도 와이의 감촉에 익숙해진 듯 더는 큰 소
리로 와이에 대해 따지지 않았다.

　가장 괴로운 일은 내가 무엇을 했는지 기억을 못 하는
것보다 내가 무엇을 했는지 낱낱이 기억하고 살아야 하는
삶이다. 내가 무엇을 했는지, 기억을 못 하는 데다 단지 기
억을 못 하는 것만 기억하고 있는 상태가 최악이다. 와이가
사라진 날부터 나는 감각이 둔해졌다.

　'우체국 앞 돌진한 차로 아이 중태, 그 옆에서 개만 돌본
어른'

　이 기사를 읽고 아래 댓글들을 읽다 오랜만에 나는 댓
글을 달았다. 차 사고를 낸 운전자에 대한 댓글은 거의 없
었고 사고 전 아이 옆에서 개만 돌봤던 남자에 대한 악성
댓글이 다수였다. 상황이 어떻게 돌아가는지 알 것 같았

다. 그래서 와이라는 닉네임으로 그를 두둔하는 댓글을 달았다.

와이 힘내세요! 사실은 사고를 낸 그 운전자의 잘못이지 남자가 잘못한 점은 없습니다. 제가 기억하기로 그날은 선글라스를 쓰지 않고는 눈이 부셔서 앞을 못 볼 정도였습니다. 독화살이 몸에 박히듯 햇볕이 따끔거렸다고 기억합니다. 운전자가 저혈당 쇼크로 의식을 잃었다니, 어쩌면 운전자의 잘못도 아닙니다.

내 댓글 다음에 아이디 '9구8구'가 답글을 달았다.

9구8구 그럼 누구의 잘못입니까?
와이 그 땡볕에 있었다는 것이 유일한 잘못입니다. 정교하게 계획된 영화 세트장처럼 교묘하게 한 사람은 죽게 만들고 한 사람은 목격하게 만들고 한 생물은 살아 있게 만드는 장치 같습니다. 지금 저는 다친 아이가 의식을 회복하기만을 간절히 바랄 뿐입니다.

다음 날 새벽 한 시가 지난 시각에 내 아이디로 '빙하수'

가 비밀 댓글을 보냈다. 내가 쓴 글을 읽고 조금 위안이 되었다고 하면서 자신이 개를 데리고 그 현장에 있었던 사람이라고 솔직히 이야기했다. 그의 메시지를 읽고서 그 상황을 이해하는 마음이 더 커졌다. 그가 계속하여 며칠 동안 비밀 댓글을 틈틈이 보내왔다.

빙하수 처음엔 댓글을 보고 그들이 말하는 못된 인간이 바로 저라는 걸 알지 못했어요. 그날은 너무 햇빛이 쨍해서 안경 쓰고는 못 나가겠더군요. 제가 안경 없이는 제 안경도 못 찾는 편인데, 집에 햇빛을 가릴 게 없어서 세일할 때 사놓은 도수 없는 선글라스를 쓰고 비트랑 산책 나갔어요. 더울 때는 피했어야 하는데, 그날은 웬일인지 비트가 똥을 못 참더군요. 산책을 나가지 않는 날 비트는 아예 똥을 안 싸요. 아니면 참는지도 모르죠. 그래서 가끔 변비약을 먹여야 해서 잘 살펴줘야 했어요. 한강공원을 한참 돌아다니던 비트가 공용화장실 뒤편에서 용무를 봤어요. 그걸 비닐봉투에 넣고 꽁꽁 묶어 쓰레기통에 버리고, 대변을 본 비트가 목이 마른 듯해 집으로 돌아갈까 하던 참에 편의점으로 방향을 돌렸어요. 잠깐 비트를 안고 들어가 생수와 새우깡만 사가지고 나와 개를 내려놓았는데 그 옆 우체국으로 검은 차가 무서운 속도로 돌진했어요. 우체국 앞에서 핸드폰을 만지며 서 있던 아이는 보지 못했어요. 나는 비트를 확 잡아당겼어요. 내 몸은 생각지도 않았어요. 비트도 시력이 안 좋아요. 거의 십 년 넘게 저와 살았으니, 열 살은 넘은 거죠. 나이 든 개라고는 하지만 건강이 나쁜 편은 아니었어요. 물을 마실 때는 물 흐르는 소리를 내요. 그 소리는 마치 음악처럼 들려요. 아무튼 강하게 개를 잡아당겼어요. 아이가 내 바로 오른쪽 옆에 붙어 있다시피 했다는 건 나중에 동영상을 보고 알았을 뿐 그때는 아무것도 보이지 않았어요! 그런데 왜 사람들은 원인 제공을 한 운전자를 탓하지 않고, 저만 가지고 말들을 하는 걸까요?

와이   댓글을 다는 사람들은 소수일 뿐이에요. 다른 많은 사람들의 목소리라고 생각하진 않는 편이 정신 건강에 좋을 겁니다.

빙하수   제가 댓글에 가해자처럼 등장하기 전까진 그렇게 생각했습니다. 막상 제가 악성댓글의 주인공이 되니까 동영상 장면이 머릿속에서 계속 되풀이해서 돌아가요. 아이는 의식이 없는 채 앰뷸런스에 실려 갔고, 운전자는 의식을 되찾은 채로 앰뷸런스에 실려 갔어요. 나는 하도 놀라서 목줄을 꽉 쥐고 비트를 안은 채 집까지 거의 뛰어갔죠. 딱 삼십 초만 늦었어도 비트는 죽었을 거예요. 그런데 사람들은 도대체 왜 그렇게 남의 이야기라고 함부로 떠든대요? 그 댓글들을 안 봤으면 이런 생각도 안 하는 건데, 한번 보기 시작하니 그 동영상을 보는 걸 멈출 수가 없었어요. 결국 읽지 않아야지 하면서도 댓글 수를 계산하게 되고 읽게 돼버려요.

와이　댓글 수가 계속 늘어나는 것 같지 않습니다, 지금은. 조금 잠잠해지는 듯 보입니다.

빙하수　동영상 속에서 저는 아이를 한번 쓱 쳐다보는 것 같더니, 빠른 속도로 비트를 당기고 둘이 그 자리를 피했어요. 아이의 안위는 전혀 내 알 바 아니라는 듯이. 아이는 멍하니 거기 있다가 그 일을 당했고 저혈당 쇼크로 잠시 의식을 잃었던 운전자는 이마 근처만 몇 바늘 꿰맸다는데. 아이는 아직 의식 없이 병원에 있고 아이 부모는 아무 말이 없는데, 그 주변 사람들이나 아무것도 알 리 없는 사람들이 마구 저만 공격하는 겁니다.

와이　저도 읽었습니다. '왜 반려동물을 구하고자 아이를 방치했느냐, 나이 든 반려견보다 아이가 하찮은 존재냐, 하기야 모르는 아이고 반려동물은 같이 사는 존재니 그럴 만도 하지만, 그래도 그렇지 그 큰 덩치로 작은 아이

142

하나 못 구하고 개만 데리고 도망치냐.' 등.

빙하수 물론 그보다 심한 댓글들도 아주 많습니다. 오후 세 시에 동물을 데리고 산책하는 일이 젊은 놈이 할 짓이냐, 그 시간에 일을 해야지 등등. 그 사건과는 아무 관련없는 제 신상을 가지고 갖은 질타를 다 해요. 저는 그날 모처럼 쉬는 날이었거든요.

와이 서른에서 마흔 사이시죠? 거의 동년배인 듯 싶습니다.

빙하수 그런데 정말 저는 그 아이를 보지 못했습니다. 내 곁에 비트가 없었다면 주위를 둘러볼 여력이 있을 수도 있었겠지만 우선 비트를 챙기랴 다른 데를 살필 겨를이 없었어요. 그 전에도 산책길에 시력이 안 좋은 주인 때문에 다리를 다친 적이 있던 터라 더 그랬을 겁니다. 반려동물을 곁에 두는 사람이라면 당연히 그래야 하지 않을까요? 아직 병원에서 의식을 찾지 못하는 아이가 마음에 걸리지만, 그건 제 마음이 그렇다는 이야기지 다른 사람들에게 비난받을 만한 행동은 아니었어요. 그걸 찍을 시간에 아이에게 한걸음에 달려올 수도 있었잖아요? 동영상을 유포한 사람에게 새삼 묻고 싶어요.

와이 누구라도 그 시간에 거기 있었다면, 만약 빙하수님처럼 시력이 안 좋은 데다 반려동물을 실수로 다치게 한 이력이 있는 사람이라면 그와 같이 행동했을 겁니다.

빙하수　물론 아는 아이였다면 제 눈에 보였을 수도 있어요. 아는 사람은 언제나 보이잖아요. 그래서 제가 비난받아 마땅한가요? 모르는 아이를 구하지 않고 반려동물을 구했다고? 다시 되돌린다면 저는 그 시간에 아예 그 근처로 가지 않을 거예요. 편의점에 들르지 않고 곧바로 집에 와서 정수기 물을 받아 먹였을 거예요.

와이　문제는 시간을 되돌릴 순 없고 이미 벌어진 사건을 수습할 방도가 아무에게도 없다는 것입니다. 그러니까 그 자리에 있던 빙하수님만 탓할 수밖에 없겠죠. 누구 잘못도 아닌데 그걸로 끝나기만은 미진하니까.

빙하수　혹시 와이님은 자신이 하지 않은 행동으로 말미암아 사람들에게 갖은 질타를 받은 적이 없습니까?

와이　오늘은 이만 나가겠습니다. 이야기할 게 있으면 다음 주소로 메일을 보내주세요.

나는 와이 이야기를 잘 모르는 빙하수에게 곧이곧대로 털어놓기 싫었다. 빙하수가 메일(독자와의 소통을 위해 만들어둔 메일함에 첫 번째로 들어온)을 보냈다. 일주일쯤 그의 글에 반응을 보이지 않고 망설였다.

그러던 어느 밤, 빙하수가 자신들이 가장 최근에 찍은 영정 사진을 보내왔다. 사진 속에서 부부는 각자 일인용 소파 양쪽에 우아하게 앉아 있고 그 사이에 하얀 개가 서 듯 앉은 자세로 역시 우아하게 정면을 바라보고 있었다. 그때야 알았다. 영정 사진은 젊은 부부의 몫이 아니라 오로지 나이 든 그 개를 위한 것이었다. 그 개를 위해 한 달에 한 번 핸드폰으로 영정 사진을 찍었다는, 앞으로도 그럴 거라는 부부. 사고에 휩쓸린 이후에도 그 이전과 다름없이 그들에게 그 개는 지극히 소중한 존재다.

영정 사진을 본 다음 날 밤, 빙하수에게 내 이야기를 실토했다.

와이　저는 소설가입니다. 제가 빙하수님의 사건에 댓글을 단 것은 다 이유가 있었기 때문입니다. 몇 달 전 저도 거의 같은 일을 겪었습니다. 아내와 저와 와이라는 반려묘가 처음으로 함께 캠핑을 간 날, 일기예보도 무색하게 갑자기 내린 폭우로 우린 거의 죽을 뻔했습니다. 간신히 아내와 저는 살았지만 와이는 그날 익사했습니다. 저는 유명한 소설가도 아니고 그때에는 수재민들이 많아서 그 일로 뉴스에 오르내린 적은 없습니다. 문제는 살아남은 우리들에게 일어났습니다. 그날 이후로 줄곧 써왔던 소설을 쓸 수가 없습니다. 손바닥에는 아직 그날의 흔적이 있습니다. 와이의 발톱이 반쯤 박혀 있다가 빠진 데가 점처럼 변했습니다. 매몰차게 와이를 떼어낸 손으로 글을 쓰고는 있지만 허물없이 이 이야기를 털어놓을 사람이 없었습니다. 내가 이런 이야길 하면 와이 대신에 아내를 살린 걸 후회하는 소리로 들릴까 무섭습니다. 내가 남들이 다 좋아할 만한 소설을 못 쓰고 있는 이유가 다른 이들의 비판을 견디기 힘들어서인데, 와이 일로 인해 지인들이나 아내의 비판을 감당하기 싫습니다.

빙하수는 한참 아무 말이 없다가 말줄임표만 거듭 보냈다. 그러다 내게 물었다.

빙하수　우리가 자신의 선택을 의심할 만한 순간이 있었습니까? 거의 본능적으로 몸의 감각을 따라간 것 아닌가요?

와이　하필이면 그날 영지계곡에 왜 셋이 갔을까 반복해서 후회할 뿐입니다.

빙하수 저도 그 순간을 예측할 수 있었다면 단연코 그 우체국 옆 편의점에는 가지 않았을 겁니다. 반려묘가 사라진 후 아내는 괜찮나요?

와이 네. 괜찮습니다. 만약 나와 와이가 위급한 지경이었다면 나는 아내가 내 대신 와이를 구해줬으면 좋겠습니다. 그러면 아내는 줄곧 나를 기억하며 살 것 같습니다.

빙하수 죄의식이나 죄책감, 그런 감정을 다른 사람이 평생토록 갖게 하는 게 좋은가요?

와이 굳이 그런 건 아니지만, 와이는 그냥 사람이었어요. 사람만 못한 게 없었고 그 자체로, 말이 통하지 않아도 교감이 되었습니다. 끊임없이 해달라는 대로 해줘야 하고 먹을 것과 배변을 처리해줘야 했지만 그 외에는 잠잠히 곁에서 체온을 느끼게 해주는 존재. 설사하는 와이를 뒤치다꺼리하느라 종일 마룻바닥을 닦으면서도 똥 냄새를 못 느꼈을 정도로, 싫어했던 모든 일이 와이를 위해서라면 할 수 있는 일이 되었으니까요. 그런 존재가 아내일 수는 왜 없었던 걸까요? 제가 하는 것만큼 아내가 제게 해주길 원했습니다. 항상 플러스 마이너스 생각을 했죠. 처음에 아내랑 결혼하려고 작심한 것도 아내의 능력이 저보다 월등하다는 나름대로의 계산에서 나온 것입니다.

빙하수 그 짧은 순간에 그것까지 계산할 정도의 사람이라면 소설가가 안 되었을 거 같아요. 그쪽 분야 분들은 대개 계산이 서툴러요. 설마 그럴 리는 없을 거예요. 아내를 조금 더 사랑했거나, 그게 아니라면 다른 뭐가 있었겠어요? 자신도 언제 죽을지 모르는 판에.

와이 개는 콧구멍이 작고 털이 길어서 가끔 숨 쉴 때 힘들어하는 소리를 내곤 했는데, 내가 우울해하는 날이면 제 옆에서 아무 소리도 내지 않았죠. 그런 날은 숨 쉬는 소리까지도 조절하는 듯했어요. 털에 물이 묻는 걸 극도로 싫어했는데. 자꾸 눈에 밟힙니다.

빙하수님, 그 아이가 자신이 아는 아이였다면 마치 사각지대에서처럼 그 아이가 안 보였을까요? 혹시 그 아이를 봤는데도 그 거리가 비트와 당신과의 거리보다 멀어서 우선 비트를 잡아당긴 건 아닐까요? 자신의 위험을 살핀 거죠. 누구도 알 수 없는 순간적인 이유가 있을 수도 있습니다. 이상한 댓글들을 보면 저도 문득 그런 생각에 골몰합니다. 마치 감염처럼, 의외로 그 당사자를 이해하지 않으려는 쪽으로 감정이 기웁니다.

빙하수 제 경우와 당신은 아주 달라요. 사실 아내를 구한 당신을 사람들이 뭐라고 하겠어요. 그때 물난리로 많은 사람들이 살 터전을 잃었고 사망자도 스무 명이 넘는 걸로 들었는데, 그 틈에 반려묘 한 마리 정도야 대수롭지 않게 생각하는 사람들이 많을 테니까. 당신은 안전해요. 사람들의 댓글로부터. 물론 뉴스가 될 소지도 전혀 없어요. 하지만 내 경우는 그 반대죠. 운전자가 음주 운전을 했거나 약을 먹었거나 고의로 가속 페달을 밟았거나 그런 게 아니고, 순전히 쇼크로 인해 의식을 잃은 상태에서 브레이크를 못 밟았기 때문에 빚어진 일이니, 망할 놈은 저밖에 없어요. 실은 그 장면을 찍은 사람이 더 문제일 수도 있는데, 동영상을 찍을 때나 찍고 난 후 그는 어디에 있었을까요? 아이가 앰뷸런스에 실려 가는 것까지 죽 지켜본 후 곧바로 뉴스에 영상을 제보한 건 아니었겠지요?

와이　그럼 당신이 만약 그 시간으로 돌아가 둘 중에 하나를 선택해서 구해야 한다면 누굴 구했을까요? 모르는 열두 살 아이와 열 살에서 열네 살로 추정되는 나이 든 반려견 중에서요?

빙하수　그 아이를 구했으면 좋은 뉴스가 나왔을 거예요.

와이　동물보호단체에서도 님을 비난하진 않았을 겁니다. 그렇지만 저는 견딜 수가 없습니다. 주말에 아내와 둘이 집에 있으려니, 강한 뙤약볕에 형체도 없이 자신이 쪼

그라드는 느낌이에요. 숨을 쉴 수가 없습니다. 만약에 아내가 그때 잘못되었더라면 어쩌면……, 죽은 아내에 대한 사랑보다도 그보다 더한 회한에서 비롯된 새로운 소설을 썼을 겁니다. 와이가 죽고 나니 일상이 모두 00:00.00 스톱워치에 갇혔습니다.

빙하수 알 것도 같습니다만, 제 경우랑 달라서 완전히 이해한다는 말은 못 하겠어요. 그 고양이를 정말로 많이 사랑하셨나 봐요. 어쩌면 아내보다 더. 우리 비트는 똥을 참는 정도가 사람 이상이었어요. 어느 날엔 차 안에서 여덟 시간 이상 대소변을 참았어요. 옛날 사람들이 개가 똥을 참아? 하는 표현을 썼잖아요. 저는 속으로 웃죠. 비트는 똥을 참는다! 그러니까 내가 그날 왜 비트를 데리고 그 더운 대낮에 산책을 나갔는지 그날 내 행동에 조금 의심이 가는 부분이 있어요. 마치 뭐에 홀린 듯이요. 잘 보이지도 않는 선글라스를 쓰고 나갔던 것도 그렇고요.

와이 와이의 꾹 다문 입에서 계속하여 물이 쏟아지는 꿈을 꿔요. 그럼 저는 마른 수건으로 몸을 자꾸 닦아주려고 하다가 끝내 그 물을 제가 다 받아먹어요. 걔는 물을 마시는 걸 좋아하는데 털에 물이 닿는 걸 아주 싫어해서 일년에 딱 네 번 집에서 샤워기로 살살 목욕을 시켰는데, 왜 그 물에 잠겨 있으면서도 입도 안 벌리고 소리도 안 질렀을까요? 소리를 지르면 물을 먹을까 봐 겁냈을지도 모르지만, 그 순간에 그 생각까지 했을까요?

빙하수   와이가 자신이 죽을 때를 알고 그런 건 아닐까요? 좀 우스운 말이지만요.

와이   아내가 진흙길에 미끄러져 넘어지는 바람에 오른팔이 부러졌어요. 평소 다니던 길도 아니었다는데, 사람들을 피해서 뒷길로 돌아가다가 진창에 빠져 뼈가 으스러져 수술을 받았고, 보름 동안 입원해 있다가 며칠 전 깁스를 한 채 퇴원했습니다. 그날 산책 나가자는 아내의 말에 잠든 척한 내 잘못인지도 모르지만 아내가 깁스를 쓰다듬으며 말했어요. "나는 원래 뼈가 튼튼한 편인데, 뼈가 부러진 적이 없었는데, 아무래도 그날 자기가 내 팔을 너무 억세게 잡아당겨서 어느 부위인지 모르겠지만 뼈에 실금이가 있었던 것 같아. 그러니까 넘어지며 팔을 짚었을 뿐인데 이 정도로 심하게 다치지." 그 말 정말이냐고 내가 정색하고 다그쳤죠. 농담이라고, 농담. 아내가 얼른 말하데요.

빙하수   정말 농담이었겠죠. 어제 그 자리에 다시 가봤어요. 비트는 데려가지 않았어요. 그 일 이후로 줄곧 비트가 감기를 달고 살아요. 거의 흔적이 없었어요. 우체국 셔터 내리는 부분에 움푹 팬 자국이 있고 그 외에는 말짱했어요.

와이   그날 그만하긴 정말 다행입니다. 아이는 아직 입원 중인 걸로 압니다. 깨어날 겁니다.

빙하수   소설을 쓰는 분이라니 묻고 싶어요. 저는 앞으로 어떻게 해야 할까요?

와이   죽여야죠, 그 기억을. 그 기사도 댓글들도 읽지 않는 게 좋습니다. 그 수밖에 없습니다. 빙하수라는 아이디는 님이 설정한 겁니까?

빙하수   어느 날 친구가 생수 다섯 병을 저희 집에 가져왔어요. 피오르의 빙하수를 담은 물인데 여행 기념품으로 가져온 거였어요. 나는 그 물이 값비싼 줄도 모르고 비트에게 반 병 정도 따라줬어요. 그런데 빙하수를 마신 비트가 정말 그날은 비트 있게 뛰어놀았어요. 다른 날과 다르게요. 준 것은 그 물밖에는 없었는데 폴짝폴짝 소파 위를 날아다니는 거예요. 개도 물맛을 아는 것 같았어요. 그래서 비트에게 빙하수를 사줄 수 있는 능력이 있으면 좋겠다고 상상했어요.

와이   저는 빙하수님이 환경 단체에서 일하는 줄 알았습니다. 그런데 제가 유기농 사료를 구매하려고 스무 장짜리 소설을 쓴 이유와 별반 다르지 않다니.

빙하수 어쩌다 소설가가 되셨나요? 난생처음 소설가와 글을 주고받는 거라 그 말을 들었을 때 멈칫거렸어요.

와이 습작 모임 카페에서 댓글을 달다가 사람들이 재밌어하고 저도 그 반응이 좋아서 결국 소설을 쓰게 되었습니다. 등단한 이후에는 제 댓글이 재미가 없어졌다고 해서 그 카페에서 탈퇴하고 뭐라도 쓰려고 애쓰는 중입니다만 자꾸 어깨에 힘이 들어가서 걱정입니다. 힘을 빼고 써야 하는데 와이가 내 손목에 누워 있을 땐 글에 그다지 힘이 들어가지 않았었는데, 걔가 사라지니 생물이 무척 그립습니다.

빙하수 손목을 베고 누워 있을 정도면 몸집이 작은 편이었네요.

와이 네. 걔를 보고 있으면 친구들이 했던 말이 맴돌았습니다. 왜, 내가 이 애와 이러고 있는가, 왜 할 일도 많은데, 강박인가. 왜 사람보다 이 애한테 절절한가.

마치 나를 잘 안다는 듯 빙하수가 물었다.

빙하수 혹시 그 일을 후회해요?

와이 분명히 말씀드리지만 아내를 구한 걸 후회하는 건 절대 아닙니다. 단지 와이와 함께했더라면 오늘 같은 밤이 덜 외로울 텐데라는 생각만 할 뿐이죠. 아내가 있을 때는 외로운데, 없을 때가 차라리 나았어요. 옷장 안에 둔 단지에 대해 제게 물어본 적도 없습니다.

빙하수 사람들 댓글에 억울해서, 아내에게 그 댓글 단 사람들 이야기를 했더니 같이 욕해줘서 좋았어요. 소통한 기분이랄까, 정말로 아내가 어떻게 느끼는지 그와 무관하게 그랬어요.

와이 혹시 어느 날 제가 우리가 주고받은 글을 소설 속에 옮겨 적어도 괜찮을까요? 개인적인 생각은 덧붙이지 않고 대화 형식으로 비트와의 사연을 중점적으로 쓰고 싶습니다만, 물론 님이 허락해야만 가능한 작업입니다.

빙하수 익명으로 하실 거죠? 그렇다면 저는 괜찮습니다. 소수가 하는 악성 댓글일 뿐이지만 그걸 읽고 있으면 화가 치밀어서요. 제가 그때 그 아이에게 의도적으로 그런 건 아니라고 와이님이 대변해준다면 그걸로 족해요.

빙하수와 나눈 마지막 대화였다.

토요일 아침 아내에게 물었다.

154

"여권은 재발급받았어? 한번 봐. 새로 나온 여권 사진이 어떤지."

잠자코 있던 아내가 말했다.

"사무실 서랍에 있어. 어차피 특허권 문제로 조만간 출장 갈 일이 있을 것 같아 거기 뒀어. 여권 사진이 이상하게 나와 사무실 사람들이 다른 사람 같대."

할 말이 없었다. 그래서 다시 물었다.

"깁스 풀면 삼사 일 휴가 내 홋카이도에 갔다 올까?"

아내가 다급히 대답했다.

"홋카이도는 멀기도 하지만 날씨가 항상 예측 불허래. 특히 11월에는 폭설이 오는 날이 많아서 함부로 갔다간 발이 묶일 수도 있대."

"그 눈도 보고 료칸에서 온천욕도 하려고 가는 거지. 경비는 내가 감당할 수 있을 것 같은데. 한번 가자."

"11월이면 바빠서 시간 못 낼 거야. 가고 싶으면 혼자 갔다 와. 거긴 안전하니까."

날씨는 불안해하면서 뭐가 안전하다는 걸까, 궁금했지만 아내가 화장실에 들어가는 바람에 대화가 끊겼다.

텔레비전을 보느라 일인용 소파에 앉아 있으면 와이는 한여름만 빼고는 거의 내 배 위에 올라와 누워 있곤 했다.

겨울철에는 제법 체온이 느껴져 생물의 촉감이 고스란히 전해졌다. 아내와 나는 잠자는 시간대가 다르다. 각자가 자는 방향도 달라서 등을 대고 자니 서로 안을 수가 없었다. 겨울밤 아내 옆에서 나는 추웠다.

그땐 눈여겨보지 않았는데 새삼 떠오르는 기억이 있다. 그날 텔레비전에서 처음 봤던 파나마모자. 그게 집에 없으면 그 여자는 아내가 아니다. 깁스를 한 채 내 앞에서 자는 아내가 생소하기만 하다. 서로 등을 대고 자던 버릇을 팽개치고 깁스를 한 오른팔을 내 쪽으로 향한 채 수면 안대를 하고 있다. 물집이 달린 입술 한쪽 끝이 살짝 들떠 있다. 아내의 얼굴을 들여다보다 도통 잠이 오지 않아 거실로 나왔다. 아내가 자고 있는 방만 제외하고 이곳저곳 뒤져보았지만 그 모자는 보이지 않았다. 노트북을 열고 하릴없이 지금 머릿속에 떠오르는 그것을 받아 적을 수밖에 없다.

아내가 죽었다. 화장터에서 아내를 안고 돌아와 집 안을 수색했다. 유골함을 둘 곳이 마땅치 않았다. 아내를 어디다 둘까. 안방에 있는 금고 안은 어떨까. 아무래도 아내가 답답해할 것 같았다. 결국 아내가 아끼던 작은 캐리어를 찾았다. 그 안에 유골함을 넣어 옷장 위에 올려놓았다. 한 달 후 수목장을 지낼 때까지 아내는 그 위에 있을 것이다. 내가 아내를 안고 방 안을 기웃 살펴보자 미묘는 나를 뒤따라 뛰어다녔다. 아내가 데려온 고양이답게 언제나 아내만 반겨하던 미묘가 며칠 사이 달라졌다. 아내가 퇴근할 무렵이면 현관문 앞에서 바닥에 고개를 댄 채로 하염없이 그녀를 기다리던 버릇도 슬며시 없어졌다. 미묘는 우울해 보인다. 왜 아내가 사라졌는지, 미묘에게 말할 수 있는 방법이 없을까. 그걸 잘 납득시키면 미묘는 나를 따를까. 그녀가 즐겨 입던 진녹색 파자마 위에서 실눈을 뜬 미묘가 내 쪽을 꿰뚫어 보고 있다…….

손톱

미팅 장소는 투어 데스크 앞이었다. 일곱 시 십 분에 내가 데스크에 나왔을 때 그 남자, K씨가 먼저 와 있었다. 들들, 그는 캐리어를 펴놓고 안을 샅샅이 뒤지고 있었다. 공항 바닥에서 캐리어를 활짝 열어놓은 채 무언가를 찾는 그를 나는 좀 이상하게 생각했다. 여행객은 모두 열다섯 명. 올해의 마지막 북유럽 상품이었다. 이것만 뛰고 나면 한동안 쉴 수 있을 것이다.

일곱 시 삼십 분. 출발 인원이 다 모였다. 손님들의 여권을 확인하고, 보험 가입을 위해서 주소를 개별적으로 물어보고 전화번호를 일일이 적어놓았다. 체크인 서비스를 하고 티켓을 나눠주고 탑승구 앞에서 아홉 시 이십 분에 만나자고 했다. 잠시 쉬는 시간, 로비에 있는 식당에서 혼자

육개장을 먹었다. K가 주위를 두리번거리며 내 옆을 지나 탑승구 쪽으로 걸어가고 있었다.

열다섯 명을 책임지고 한국에서 북유럽까지, 북유럽에서 인천공항까지 인솔해야 한다. 손님들은 까다롭다. 당연한 일이겠지만 그만큼 돈을 지불하면 그만큼 서비스를 받고자 했다. 여섯 명의 여선생님들, 아들 둘 있는 네 명 가족, 부부, 혼자 온 여자, K씨, 추리닝 입은 혼자 온 남자. 인솔자인 나와 현지에서 동행하는 가이드 한 명, 기사 한 명까지 합하면 모두 열여덟 명이다. 이 인원이 아침부터 저녁에 호텔 룸을 배정받을 때까지 함께 다녀야 한다.

어릴 때 나는 책방 주인이나 꽃집 주인을 동경했다. 직업상 한 달에도 몇 번씩 비행기를 타야 하는 일을 택할 줄은 몰랐다.

비행기가 이륙한 다음 이제 손님들의 좌석을 바꿔줘야 할 시간이다. 통로를 이용하는 사람이 없을 때 재빠르게 움직인다. 같이 온 사람들을 길게 한 자리나 두 자리로 붙여준다. 자리에 앉아서 잠만 자고 먹을 때만 겨우 깰 뿐인데도 동행끼리 앉으려 한다. 옆 좌석 사람들에게 양해를 구해서 선생님들을 길게 한곳으로 몰아주고, 가족은 앞뒤로 두 좌석씩 앉게 해주었다. 부부는 잘 앉아 있었다. K와

혼자 온 다른 둘은 처음 좌석 그대로 두었다.

지금부터 내 시간이다. 한숨 돌리고 자리에 앉았다. 모든 게 순조로운 편인데 뒷머리에 뭐가 달라붙은 기분이랄까. 나는 비행기 안에서 잘 자는 편인데, 그나저나 혼자 온 여자도 신경이 쓰인다. 단발머리의 여자. 스타일이나 분위기로만 봐선 삼십 대인 것 같은데, 내 리스트에는 1973년생으로 되어 있다. 마흔여섯 살인데 도무지 그 나이로 보이지 않는다. 혼자 사는 걸까, 남편이나 애가 있을까. 한번 보면 대략 그 사람의 면면을 짐작하는 나로서도 전혀 감이 잡히질 않는다. 그녀의 손톱 색깔이 녹색이라는 것도 신기했다. 손을 움직일 때마다 작은 이파리가 반짝거리는 것 같았다.

막 잠이 들려고 하는데, K가 손가락으로 내 왼쪽 팔을 두드렸다.

"여긴 맥주도 돈 주고 사 먹어요? 기내에서 마시는 건 다 공짜 아닌가?"

목소리를 높이며 말하는 K의 입에서 벌써 술 냄새가 났다.

"아까 안내 방송을 했는데요. 샴페인과 특정 맥주는 돈을 내야 하고 덴마크 맥주는 서비스해주는 걸로 알고 있어요. 와인은 공짜입니다."

"내가 원하는 건 다 돈 내고 사 먹으라는 이야기네. 아니 돈을 그렇게 받아먹으면서 샴페인 한 잔도 공짜로 못 줘. 정말 신기하네."

"이 항공사 규정이 그러니 어쩔 수 없어요. 저도 경비 부분에 대해선 뭐라 말할 처지가 못 됩니다. 잘 모르기도 하구요."

막 잠이 들려다 깬 상태여서 내 목소리가 조금 높아졌다.

"그래도 명색이 가이드인데…… 상냥하기라도 하지. 암튼 정말 신기하네. 어떻게 이런 상태로 가이드를 하는지."

난 원래 사람을 편애하는 편이었다. 이 일을 하면서 나름대로 그 버릇을 없애려고 애쓰는 중인데 이런 말을 함부로 내뱉는 손님이라니. 가만히 쏘아보았더니 K가 슬금슬금 통로 쪽으로 걸어갔다.

몸으로 뛰고 말로 하는 일이고 서비스 정신이 있어야만 할 수 있는 일이었다. 손님들의 비위를 맞추고 요구를 들어주다 보면 꽃집이 생각났다. 아주 조용한 책방이 생각났다. 어디에나 있고 어디에도 없는 책방에서 자신이 읽어본 책만 파는 책방 주인이 되고 싶었다. 아니면 누군가에게 마음을 고백하려는 사람에게만 꽃을 파는 꽃집 주인이라거나. 아무튼 뭘 해도 이 직업보다 나을 것임엔 틀림없었다.

한 상태인 듯 보였다.

"지금 주정하는 게 아니고요. 친구랑 결혼했으면 그 남자 아내가 안 죽었을지도 모르잖아요. 암에 걸려서 죽는 일 따윈 없었을지도 모르잖아요. 그 친구가 얼마나 현모양처인데요. 시댁 식구들과 잘 지내고 남편에게 잘하고 아이에게도 똑 부러지는 엄마인데, 그는 왜 그녀를 거부했던 걸까요. 그걸 또 바보 같은 친구는 제대로 물어보지도 못하고 헤어졌대요. 그리고 세 달쯤 지나 결혼 소식만 전해 들었대요. 그러곤 그 남자에게 보여주려고 기를 쓰고 살았대요. 사각턱도 고치고 눈도 고치고 보란 듯이 다른 남자와 서둘러 결혼했대요. 남편이 착한 사람이어서 그 남자에게 보여줘야지 하던 맘도 접고 잘살고 있었는데, 얼마 전 그 아내 이야길 들었대요. 십 년 전에 죽었다는데, 그걸 듣게 된 순간부터 갑자기 이십이 년 전으로 돌아간 듯 남자가 보고 싶더래요. 진짜 유치해요. 그렇게나 시간이 흘렀는데. 그에게 여자가 생겼을지 모르는데. 서류상으로는 싱글이라고 돼 있다지만 아닐 수도 있잖아요? 가이드님은 어찌 생각하세요?"

여기까지, 녹색은 육포를 씹으며 쉬지 않고 말했다. 그러더니 붉은 유리판을 꺼내어 체중을 쟀다. 어제와 같네,

혼자 온 남자가 머뭇거리며 내 자리로 왔다. 조금 겁먹은 목소리로 물었다.

"혹시 방금 그 아저씨랑 저랑 같은 방을 쓰는 겁니까?"

"네, 원래 싱글 룸 비용을 추가로 지불하지 않으면 두 명이 방을 같이 쓰는 게 원칙이에요."

"해외여행을 패키지로 온 것이 처음이라 은근 걱정입니다."

"뭐 별일이야 있겠습니까. 불편하시면 방을 따로 잡아드릴 순 있어요."

"그 돈은 얼마나……."

"호텔 급수마다 다르고 지역 따라 달라지니 바꿀 의향이 있을 때 말씀해주세요."

추리닝 소매를 길게 늘여 손가락으로 감아쥔 채 남자가 머뭇대며 자기 자리로 갔다. 수면 안대를 하고 누가 봐도 날 알아볼 수 없게, 담요로 몸을 칭칭 감고서 의자 속으로 기어들어 갔다.

헬싱키 공항에 내려서 코펜하겐으로 가는 기내에선 모두 조용했다. 이상하게 여행 팀마다 유럽인에 대해서는 다소 소심한 태도를 취한다. 그들의 체격에 눌린 탓일까. 말을 알아듣지 못해서일까. 동남아에서 다소 거들먹거리던 사람도 여기 오면 잠잠해진다.

오래전 조엘을 만났을 때 나도 잔뜩 주눅이 들어 있었다. 그의 파란 눈을 볼 때마다 내가 내 궤도를 이탈해 있는 것 같았다. 늘 불안하고 뭔가 불편했다. 허공에 발을 디디고 있는 것 같았다.

"여기선 한국 남자 잠지가 잠잠 줄어들 거 같다."

"원래 작았는데 뭐. 더 줄어들 것도 없겠구만."

언젠가 동유럽 여행에서 인솔했던 손님들의 대화가 생각났다.

코펜하겐에 도착한 후 중국집에서 저녁을 해결하고 호텔에 들어간 시간은 밤 여덟 시가 지나서였다. 각각 방을 배정한 후 마지막으로 불편한 사항들이 있나 방마다 전화를 걸어 확인하고 내 방으로 들어왔다. 보통 가이드는 혼자 방을 쓰지만, 출발 확정 전전날 갑자기 한 명이 추가되었다. 여행사 측에서 올해 마지막 북유럽행이니 이번만 손님과 같이 방을 쓰라고 요청했다. 나의 룸메이트, 녹색 손톱은 연보라색 잠옷을 입은 채 침대와 침대 사이에서 오락가락하고 있었다. 아마도 창문 쪽을 택할까, 화장실 쪽으로 할까 궁리 중인 것 같았다. 이럴 땐 선수를 치는 게 나았다.

"제가 먼저 일어나서 씻고 나가야 되니까, 화장실 가까운 델 제가 쓰는 게 좋겠습니다."

"그럼 그렇게 하세요."

녹색 손톱이 말했다. 방금 샤워를 마쳤는지 얼굴에 바른 크림이 조명을 받아 광택이 나고 뺨은 불그레했다.

현지 가이드는 덴마크인과 결혼한 지 스물여덟 해가 되는 한국인이다. 팔 년째 거래를 하고 있는데 언제 봐도 처음 만났던 때의 나이로 보인다. 어쩌면 안데르센 동화에 나오는 마법의 힘이 그녀를 늘 싱싱하게 만들어주는지도 모른다. 그녀가 합류하면 내가 할 일은 절반으로 줄어든다. 사람들이 횡단보도를 건널 때 지켜봐 주고 식사 때 테이블 배정 같은 것만 넌지시 그녀에게 알려주면 되었다. 그 이후부터 비로소 나의 여행은 시작된다. 북유럽엔 셀 수 없을 만큼 자주 와본 터라 풍경에 대해서라면 더는 연연할 필요가 없었다. 하루하루가 다르고 풍경과 사람이 섞이는 모양이 시시때때로 달라지긴 하지만 나의 관광은 남다르다.

패키지 여행의 인솔자로 손님들을 대할 때마다 내가 하는 질문이 있다. 당신은 누군가요? 물론 소리 내어 묻는 방식은 아니었다. 속으로만 묻고 하루하루 손님들을 조금씩 파악해간다.

그들의 대화를 곱씹어보기도 한다. 내가 모르는 전문 용어를 들으면 핸드폰에 그 단어를 저장하기도 한다. 사진을 찍을 때도 아주 공손하게 스마트폰을 두 손으로 받쳐서 찍고 있는 녹색(나의 룸메이트)을 바라보면서 참 세상을 곱게 살았구나, 하고 감탄하기도 한다. 방금 전 내가 녹색에게 사진 찍어줄까요, 물었을 때 그녀는 살살 웃음 지으며 아니요, 괜찮아요, 하고 말했다. 선생님들은 사진을 찍어 대느라 아우성인데 녹색은 풍경만 보고 사진에는 관심이 없는 것 같았다. 그녀가 와본 곳일지도 모른다.

처음 이곳에 왔을 땐 내가 가이드라는 사실조차 잊고서 마구 돌아다녔다. 손님들이 나를 기다리다 지쳐 기진맥진해 광장에 앉아 있을 때 내가 나타났고, 그들 중 한 사람은 울먹이기까지 했다. 누가 우리 가이드님 데려간 줄 알았어요. 우린 영어도 못하는데, 걱정 많이 했어요. 다음 날 우리가 묵는 오슬로 호텔에서 저녁을 먹을 때 그들은 소주 대신 감자주를 맛보았다. 미안해서 내가 사과주로 샀던 술. 노르웨이에서 만들고 적도에서 숙성시켜 온다는 술. 제조회사 이름인 '선을 넘어서'를 상징하듯 적도까지 갔다 오는 중에 오묘한 향이 가미된다는 술. 요즈음엔 점차 그 술을 맛볼 수 있는 기회가 줄어들고 있었다. 수제로 만든 술이 타산에 맞지 않아 거의 모든 감자주를 공장 안에서만

168

만들고 있다고 현지 가이드가 귀띔해주었다.

가만, 녹색이 부부를 찍고 있었다. 다른 사람 눈에는 아기 조각상을 찍고 있는 듯 보였겠지만 내 앵글에 잡힌 그녀는 틀림없이 부부를 담고 있었다. 이상하다. 룸메이트라서 신경이 쓰여서인지 녹색이 자꾸 눈에 들어왔다.

인어공주 동상 앞이었다. 추리닝이 웃으면서 심심할 때 드시라고 튀긴 아몬드 한 봉지를 주고 갔다. K가 버스 안에서 다른 사람에게 얻은 호두 몇 알을 버리고 추리닝이 준 아몬드를 씹었다. 선생님들은 한국에서라면 하지 않았을 행동을 도맡아 하고 있었다. 버스 안에서 맥주 마시기, 떠들면서 남 흉보기, 생각한 바를 바로 입 밖으로 표출하기, 사진 찍으면서 한쪽 다리를 들어 이상한 자세 만들기. 자신들의 직업을 인솔자인 나만 알고 있다는 걸 믿고 그러는지 다른 사람들 시선은 전혀 신경을 쓰지 않았다.

북해를 건너 오슬로로 향하는 선상에서 드디어 녹색을 조금이나마 엿보게 되었다. 모두가 저녁 식사를 위해 뷔페에 모였을 때, 마지막에 나타난 사람이 녹색이었다. 상아색 롱드레스를 입고 진주 목걸이를 한 그녀는 단연 빛났다. 이마로 흘러내린 머리카락마저도 고상하고 섹시해 보였다. 완벽한 드레스 코드이다. 나는 식당 안으로 들어오는 그녀를 보고 있었는데, 그녀의 시선은 부부 자리로 향하고 있었다. 부부 중 남자는 진한 카키색 셔츠에 면바지를 입고 스웨터를 걸치고 있었다. 부부 중 남자는 나이가 녹색보다 두세 살 더 많았다. 부부 중 여자는 1980년생이었나, 나이 차가 있었다. 마침 부부가 앉은 테이블 맞은편 좌석이 비어 있었다. 녹색이 거기에 앉았고 내가 뭐라 지시하기도 전에 추리닝이 그녀 옆자리에 앉았다.

십오 년쯤 가이드 일을 하다 보면 알게 된다. 처음 보는 사람들 사이에서도 인력은 작용한다. 서로 끌어당기는 힘이 강한 사람들끼리 자연스레 모여 앉는다. 특히나 뭔가를 먹을 때는 그 힘이 더 크게 작용하는 것일까. 먹는 것처럼 중요한 일이 세상에 또 있을까. 아무리 노력해도 고쳐지지 않는 식습관 하나는 누구에게나 있게 마련이다. 제약 없이 내가 먹고 싶은 걸 맘껏 먹을 수 있는 뷔페. 선상의 뷔페 음식은 가히 산해진미였다. 북유럽의 물가가 너무 비싸서 감히 먹을 엄두가 나지 않는 음식들이 차려져 있었다. 바닷가재를 먹을 생각에 침이 돌았다. 거구인 유럽인들에 비해 우리나라 사람들이 적게 먹는다고 생각하면 오산이다. 뷔페에서는 결코 유럽인들에 뒤지지 않게 먹는다. 너희 팀이 아침 먹는 양이 우리보다 세 배쯤 더 되는 것 같아서 수지가 안 맞는다. 언젠가 호텔 지배인이 했던 말에 수긍이 간다.

선생님들 중 한 명이 염소젖 치즈를 냅킨에 싸서 등산 점퍼 주머니에 넣고 있었다. 여기서 꼭 먹어봐야 하는 것이 갈색의 염소젖 치즈라고 노르웨이 가이드가 이야기해 준 것이 화근이었다. 염소젖 치즈 접시가 금세 비워졌다. 이럴 때마다 나는 무의식적으로 일행이 아닌 척 딴청을 피우고 싶지만, 내가 인솔자이니 눈을 돌릴 수도 없다.

맛있게 먹던 바닷가재에서 비린내가 나는 것 같았다. 꾸역꾸역 음식을 집어넣다 건너편에 앉은 녹색과 눈이 마주쳤다. 노르웨이 가이드는 에스토니아 기사와 이야기하고 있었다. 녹색은 브리오슈에 무염 버터를 바르고 캐비어를 올려 먹는 중이었다. 블랙 캐비어가 입술에 한두 알 묻어 있었다. 점 같았다. 음식 가운데 가장 섹시한 맛이라는 캐비어, 뭘 먹을 줄 아는 것이리라.

선실 안이 좁아 샤워하기 싫었다. 화장만 지우고 누워 있는데 자는 줄 알았던 녹색이 일어났다. 침대 아래 캐리어에서 붉은 유리판을 꺼내더니 그 위로 사뿐 올라갔다. 일 킬로가 늘었네. 혼잣말을 하더니 침대로 들어갔다. 나의 룸메이트 녹색, 이번 여행의 주인공은 응당 녹색일 것 같다는 생각이 들었다.

한밤중에 전화가 왔다. K였다. 물이 안 내려간다고 빨리 자기 방으로 오라고 소리를 질렀다. 잠옷 위에 코트를 걸치고 매니저를 대동하고 306호실로 갔다. 신기한 K. 배 안인데 다른 호텔에서처럼 물을 너무 세게 틀었다. 물이 빠지는 양보다 샤워기에서 나오는 물의 양이 엄청났다. 매니저와 함께 수챗구멍을 쑤셔서 문제를 해결했다. K는 아무런 말도 없이 담요를 뒤집어쓴 채 누워 있었다. 나는 K 같은 손님에게는 관심이 없다. 관심을 가져야 하지만 그렇게 안 되는 게 이 직업에서의 내 문제다. 추리닝이 엉거주춤 K가 누운 쪽을 살피고 있었다. K와 같은 방을 쓴다는 것이 심란한 듯했다. 그렇지만 그게 패키지 여행의 룰이었다. 추가 비용을 지불해야 싱글 룸을 쓸 수 있다. 비상시에는 내가 쓰지 않은 방을 회사 측에 요구할 재량이 있지만, 아직은 아니었다.

아침부터 선생님들이 고추장을 방출했다. 테이블에 고추장 통을 놓고 참치에 버무려서 데우지도 않은 햇반과 먹고 있었다. 한 사람은 사과가 맛있다고 친구에게 이거 너 싸 가라고 짐짓 강요까지 하고 있었다.

뷔페에 나온 음식. 어느 정도까지 가져가도 되는 것인

가. 한 번쯤 대국민 담화를 하고 싶었다. 어제 노르웨이 가이드가 손님들에게 말했다. 여기는 청정 지역이니까 따로 생수를 사 먹을 필요가 없습니다. 휴게실이 드문 편이니 아침 먹고 나올 때 보온병에 물이나 커피를 담아오는 것은 괜찮습니다. 그렇지만 그건 어디까지나 커피와 생수에 한한 이야기였다. 배불리 먹고 나오면서 바나나, 사과, 치즈, 빵, 크래커, 햄 등을 버스 안에서 간식으로 먹으려고 싸서 오라는 이야기가 아니었다.

나에게도 참기 힘든 버릇은 있었다. 노르웨이는 나무가 좋은 나라라 그런지 여기 올 때마다 냅킨이 너무 탐이 났다. 호텔 매니저가 크리스마스 선물로 준 냅킨 두 뭉치를 집에 가져갔던 적이 있다. 그 후 한동안 힘들었다. 내가 노르웨이에 올 때면 지인들은 냅킨을 사달라고 부탁했다.

"정말 신기해."

아래위로 나를 훑어보며 지나가던 K가 말했다. 뭐가 신기하다는 걸까. 그를 무시해야만 이 여행에서 내가 무사하리란 걸 알았다. K는 손님이다. 내가 참아야 하는 것이다.

K가 물었다.

"뭉크의 「절규」는 언제 보러 갑니까?"

"뭉크를 잘 아세요?"

"그걸 보지 않는다면 내가 오슬로에 왜 왔게요?"

"바이킹 박물관 갔다가 점심 먹고 오후 세 시쯤 될 것 같습니다. 자세한 것은 저보다 노르웨이 가이드님이 더 잘 아세요."

"정말 신기하네. 인솔자는 왜 필요한 거지? 현지 가이드만 있어도 될 텐데."

마지막 K의 말은 혼자 묻고 답하는 식이었다.

비겔란 조각공원에서 부부가 내게 사진을 찍어달라고 부탁했다. 아이의 조각상 앞에서 둘은 진지한 표정으로 나를 바라보았다. 손은 잡지 않고 어깨만 닿은 상태였다. 누군가 나를 찍고 있는 것 같다는 느낌에 고개를 살짝 돌렸다. 녹색이 앵글을 내게 맞추고 있었다. 부부 사진을 찍는 나를 찍고 있는 녹색. 부부의 남편이 그녀를 알고 있는 것 같진 않았지만, 녹색은 남자를 아는 듯했다. 녹색은 무슨 일로 이 여행을 하게 된 것일까. 어떤 루트를 통해서 제일 마지막에 합류한 것일까.

그렇게 채근하던 뭉크의 작품 앞에서 K는 괴상한 절규 포즈를 취하며 사진을 찍어달라고 청했다. 사진을 찍을 수 없는 날도 많은데 하필이면 촬영이 허용된 날이었다. 미술관 숍에서 부부는 회전하는 촛대를 고르고, 그 맞은편에서 녹색은 뭉크의「절규」그림엽서를 만지작거리며 쌍꺼풀 진 눈으로 남자를 흘깃거리고 있었다. 다가가 녹색에게 말을 걸었다. 뭐 사는 거예요? 녹색이 내 쪽으로 고개를 돌리며 말했다. 애 주려고 엽서나 살까 합니다. 다시 물었다. 아이 있어요? 녹색이 싱긋 웃더니 대답했다. 남편도 있습니다. 가만 녹색을 바라보다가 그건 안 물어봤는데요, 하고 말했다. 사흘이 지났는데도 아무도 내게 어찌 혼자 왔냐고 물어보는 사람이 없어서 실토하는 거예요. 그 말을 마치고 녹색은 그림엽서를 들고 계산대로 향했다.

여행 가면 언제나 사흘째 되는 날이 고비였다. 삼 일 밤만 지나고 나면 금방 돌아갈 날이다. 좋은 호텔에서 여행사 측에서 제공하는 맛있는 와인까지 마신 손님들이 모처럼 서로 웃고 떠들며 즐거워하는 시간. K가 갑자기 와인병을 들고 가이드들이 있는 테이블로 건너왔다. 조마조마했다. 나는 술을 전혀 마시지 못했다. 조금이나마 마시는 시늉을 할 수도 없었다. 그런 이유로 본의 아니게 오해를 받는 경우가 많았다. 술을 못 마시는 게 죄도 아닌데, 죄인인 양 취급했다. K가 내 옆자리로 와서 앉더니 비어 있는 잔에 와인을 따랐다. 그걸 노르웨이 가이드에게 건넸다. 그러곤 곧장 자기 자리로 되돌아갔다. 휴, 살았다! K가 나를 무시하려고 일부러 노르웨이 가이드에게만 와인을 건네주었다. 살다 보면 누군가에게 상처를 주려 한 일이 오히려 누군가에게 득이 되는 일도 있다.

녹색이 침대에 앉아 있었다. 이미 샤워를 마친 듯 그녀에게서 샴푸 냄새가 났다.

"피곤할 텐데, 절 기다리신 거죠?"

"집에선 보통 한 시 넘어서 자요."

"인터넷 되는데 집에 연락해보세요. 참 애가 몇 살이에요?"

"올해 대학 들어갔어요."

"전 몇 살쯤 돼 보여요?"

"저와 비슷한 나이인 것 같은데."

그녀가 나와 동갑이라는 걸 바로 들킨 기분이었다. 그녀가 뜬금없이 말했다.

"친구가 있어요. 그 애가 옛날에 사귀던 남자를 스토킹했대요. 그 남자를 쫓아 갑자기 여행을 간다고 해서 전 열심히 말렸는데 아무래도 제 말을 듣지 않았어요. 그 남자가 혼자 된 게 자기 잘못이라면서, 자기가 그 남자의 불운을 빌고 빌어서, 죽어버려라, 그 남자 아내의 죽음을 빌고 빌어서, 그 아내가 십 년 전에 죽었다는 사실이 다 자기 잘못이라고 하면서 말이에요. 근데 그게 말이 돼요?"

176

"말이 안 되지요. 저주를 한다고 실제로 그 아내가 죽었다는 건 말이 안 되죠."

"그렇지요! 말이 안 되는 걸 말이 되는지 확인하고 싶은 심정이었답니다."

그 이야기를 듣고 나니 새벽 두 시다. 대화하던 중에 녹색이 스르르 잠이 들어버렸다. 그녀를 젊게 만드는 묘약이 이건가. 조금 과하게 마신 와인이 그녀의 몸을 마취시킨 것일까. 내일이면 그녀는 아무 내색 없이 우아하게 걸어 다닐 것이다.

K가 아침부터 사고를 쳤다. 호텔에서 조식 후 송네 피오르행 페리를 타려고 버스로 이동 중일 때였다. 호텔에 여권을 두고 온 것 같다고 했다. 그가 보는 앞에서 호텔로 전화를 걸어 그가 잤던 방을 잘 살펴봐 달라고 부탁했다. K는 방금 전까지 이어폰을 낀 채 큰 소리로 노래를 불러댔는데, 맨발로 버스 유리창을 톡톡 치며 박자를 맞추어댔는데, 그랬던 그가 금세 험악해졌다. 버스를 되돌리면 호텔로 가서 자신이 직접 찾아보겠다고 했다. 일정상 그런 일은 있을 수 없었다. 페리가 열 시 삼십 분에 예약돼 있었다. 그 시간에 페리를 타지 못하면 송네 피오르를 구경할 수 있는 기회가 사라진다. 마지막 시즌이라 모든 페리가 예약이 완료

된 상태였다. 그리고 다른 손님들에게 그걸 강요할 순 없었다. 나름대로 모두에게 중요한 시간이었다. 타인의 시간을 함부로 나눠달랄 순 없었다. 누구에겐 생애 첫 해외여행일 수도 있었고, 누구에겐 마지막 여행길일 수도 있으니까. 갑자기 손님들 중 가장 말이 없었던 네 명 가족에게서 큰소리가 나왔다.

"그만 사람들에게 폐 끼치고 그 문제는 일단 가이드에게 맡겨둡시다!"

K가 정말 신기하게도 말없이 자기 자리로 갔다. 우선은 페리를 제시간에 타는 게 급선무였다. 뭔가 찜찜하던 예감이 맞아떨어졌다. 페리 안 선실에서 점심을 먹는데 K가 보이지 않았다. 노르웨이 가이드에게 찾아보라고 부탁했지만 아무 곳에도 없다 했다. 점심을 먹다 말고 이리저리 돌아다니다 마지막에 올라간 갑판에서 K를 발견했다. K는 어떤 여자랑 신나게 중국어로 떠들고 있었다. 그를 끌고 내려와서 점심을 먹였다. 가이드가 자기만 빼고 점심을 먹었다고 떠들지도 모를 사람이었다. 아무도 그가 보이지 않는다는 사실에 신경 쓰지 않았다. 네 시간에 한 번씩 발작을 일으키는군! 선생님들 중 누군가 이야기했고 누군가 흠흠, 맞장구를 쳤다. K가 휴게실이 아닌 데서 용무가 급하

다며 버스를 세우라고 소리치고 바지춤을 내리며 버스를 내려갔을 때였다.

올해 마지막 북유럽 여행을 K가 망치고 있었다. 다른 손님들은 별반 문제가 없었다. 수다스러운 선생님들도 견딜 만했다. 하지만 K는 다른 사람의 시간을 좀먹고 다른 사람을 정신없게 만들었다. 하루에도 서너 번씩 버스 뒤 칸에서 캐리어를 꺼내 옷을 갈아입는 K의 행동은 유별났다.

머리를 식힐 겸 올라간 갑판에서 녹색과 추리닝과 부부를 보았다. 녹색은 후드를 뒤집어쓰고 눈만 내놓은 채, 배가 지나가며 만드는 물속 무늬를 찍고 있었다. 부부의 모습도 얼핏 들어간 것 같았다. 누구든 본의 아니게 다른 사람의 사진에 끼어들 만큼 갑판은 사람들로 붐볐다. 모두 송네 피오르 정경을 보느라 정신이 팔려 있었다. 그런 사람들의 표정이 재밌었다. 입을 벌리고 있을 때 반짝이는 금니를 보는 것도 나쁘지 않았다. 하늘을 보다 슬며시 눈가를 찍어내는 사람도 있었다. 녹색이 갑판을 내려가고 있었다. 뒤이어 나도 추리닝도 따라서 내려갔다.

현지 가이드와 로비에서 한참 수다를 떨다가 올라가니 녹색이 전날처럼 침대에 앉아 있었다. 침대 옆 테이블에 맥주 캔 세 개, 냅킨 위에 육포 몇 조각이 있었다. 이미 취

하더니 비실비실 유리판에서 내려왔다. 이 여자에 대해서라면 갈피를 잡을 수 없다. 단연 북유럽 여행의 주인공다웠다. 취한 사람에게 말을 거는 일은 항상 재밌다. 실은 나는 이걸 즐기는 편이다. 술을 마시지 않고 몇 시간을 술 취한 사람들과 함께하다 터득했다. 단 한 번도 취해본 적이 없으니까 언제나 가능한 일이었다.

"그 남자가 싱글인지 그 여자와 결혼할 것인지 알아봐 줄까요?"

금세 반응이 왔다.

"그럼, 고맙죠."

"그 사람이 누구죠?"

정…… 뭐라고 중얼거리던 그녀가 말을 딱 끊었다. 정 아무개라면, 그 남자임에 틀림없다. 아니면 달리 누가 있겠는가. 녹색이 말하다 말고 또 잠이 들어버렸다.

딱 이틀 밤만 자면 인천행 비행기에 오를 수 있다. 아침부터 바쁜 일정이었다. 잃어버렸다는 K의 여권이 호텔 로비에 있는 소파에서 발견되었다. 어제부터 K는 신기하게도 말없이 지냈다. 아침에 입은 옷을 저녁까지 바꿔 입지 않았고 자주 들락거리던 화장실도 다른 사람들에게 방해가 되지 않도록 조용히 해결하곤 했다. 내심으로 다행이라고 생각했지만, 언제 어디서 또 이상한 말이 튀어나올까 한편으론 불안하기도 했다.

시간이 지나면서 손님들은 변해갔다. 말 없던 가족이 선생님들과 어울리더니 다소 시끄러워졌고, 부부는 여전히 조용한 가운데 뭔가 신경전을 벌이는 것 같았고, 추리닝은 결국 이틀 전에 경비를 부담하겠다며(자신이 현재 백수 상태라는 걸 굳이 강조하며) K와 다른 방을 썼다. 녹색은 밤마다 나를 붙잡고 친구의 남자 이야기를 늘어놓곤 했다. 여행이 끝나는 전날이나 돼야 거의 모든 이야기를 마무리할 것 같았다. 어젯밤엔 친구의 그 남자가 퀸의 〈보헤미안 랩소디〉를 얼마나 좋아했는지 시시콜콜 말해주었다.

내일은 스웨덴을 구경하는 날. 그를 볼 수 있을 거라는 생각에 내가 뒤척이고 있을 때였다. 자는 듯했던 녹색이 말을 걸어왔다.

"자고 있어요?"

나는 자는 척하느라 대답을 하지 않았다. 그녀가 중얼거렸다.

"아무래도 그 여자와 재혼할 것 같지는 않은데, 그냥 애인인가……."

그녀는 무슨 소릴 하고 있는 걸까? 친구의 남자 이야기 아니면 정 아무개라는 그 남자 이야기, 아니면 부부 중 남자 이야기? 부부 중 남자 성씨가 '정'이란 걸 이미 확인해본 나로서는 자는 척 그녀의 이야기를 들을 수밖에 없었다. 때로는 모르는 척하는 것이 서로에게 도움이 되는 경우가 많다.

"아무리 이십이 년이 지났다고는 해도 어떻게 날 못 알아보지…… 눈과 턱만 조금 고쳤을 뿐인데. 옆에 있는 여자, 날 많이 닮긴 닮았어. 그럼, 지금 나를 닮은 건가. 예전의 나와 좀 헷갈리긴 하지만."

혼잣말하던 녹색이 움직이는 소리가 났다. 누워서 하는 약식 발레라면서 침대에서 자기 전에 하던 그 스트레칭 동작을 반복하는 중일 것이었다. 잠들기 전까지 한시도 가만있지 않는 그녀. 지금 단계는 십오 센티미터쯤 되는 나무봉으로 눈 밑이나 복부를 꾹꾹 누르고 있겠지.

내일 저녁 방을 배정할 때 일부러 녹색의 이름을 불러보면 어떨까. 잠을 자는 체하다가 나는 잠에 빠져들었다.

오래전 조엘이 내게 구혼했을 때 나는 그와 결혼할 생각이 없었다. 외국 여행을 하는 것은 좋지만 외국에서 외국인과 산다는 것은 싫었다. 너무 키가 커서 일어날 때면 허리를 두 번쯤 펴야 되는 그의 체격 자체가 비현실적으로 느껴졌다. 가이드라는 게 평범한 직업은 아니었지만, 외국을 오가며 그냥 한국에서 살고 싶었다. 조엘은 스웨덴에서 살아야 하니 우리 사이의 간극을 좁히기엔 서로 이해가 깊지 않았다.

이제는 손자까지 생겨 할아버지가 된 조엘. 온화한 표정에다 섬세한 웃음까지. 내가 어떻게 저런 사람을 거부했을까. 그렇다고 그를 다시 만나고 싶다는 건 아니었다. 단지 일 년에 한두 번 그가 미정 씨를 데려다줄 때나 데리러 올 때 잠시 인사를 나누고 짧은 포옹을 하는 데 만족할 뿐이었다. 그와 결혼했다면 나와 미정 씨가 뒤바뀌어 있을지도 모른다. 내가 현지 가이드가 되어 한국에서 오는 미정 씨를 맞이하고 있을지도 모르는 일이었다. 차 안에 앉아 있는 조엘에게 손을 흔들면 그는 차창 밖으로 손을 내밀고 세차게 손을 흔들다 어슬렁어슬렁 멀어지곤 했었다.

웬일인지 오늘은 그가 미정 씨를 데려다주지 않았다. 다른 모르는 남자가 미정 씨를 내려주고 갔다. 미정 씨는 똘똘하고 야무지다. 말을 하는 족족 이해되게 하고 태생적으로 귀를 기울이게 하는 목소리 톤을 가지고 있다. 나는 그녀가 조엘의 아내라서 더 좋다. 그녀가 아니라면 단 하루 거쳐 가는 스톡홀름에서 어떻게 그를 볼 수가 있었겠는가.

"메리 크리스마스 앤 해피 뉴 이어!"

오후 다섯 시, 스톡홀름에서 헬싱키로 가는 유람선 입구에서 미정 씨가 우리와 작별하며 말했다. 10월 초인데…….내년 5월이나 되어야 그녀를 다시 볼 수 있을 것이다. 조엘은 나타나지 않았고 아들이 미정 씨를 태우고 갔다.

내일은 기내 숙박이니 오늘 밤이 이 여행의 하이라이트인 셈이다. 이 유람선 식당에서는 두 시간 동안 와인과 맥주가 무한정 공짜다. 드레스 코드도 있다. 사전에 메일로 등산복이나 등산화, 운동화는 가급적 착용하지 않는 게 좋다고 알렸건만, 선생님들 중 두 명이 등산복과 등산화 차림으로 나타났다.

K는 나비넥타이까지 하고 나타났고, 가족은 수수하게, 부부는 커플룩으로, 추리닝은 검은색 재킷을, 녹색은 보라색 드레스를 입고 나왔다.

"정말 신기하다. 그렇게 예쁜 색을 입고도 안 예쁜 사람이 있으니까."

K가 녹색 원피스에 물방울 무늬 카디건을 걸친 나를 훑어보더니 기어코 한마디를 했다.

녹색이 부부가 있는 테이블로 다가가고 있었다. 순간적으로 그녀의 이름이 튀어나왔다.

"엄지순 씨, 이쪽으로 오세요. 거긴 여섯 사람 자리라서."

부부 중 정 씨의 얼굴이 녹색에게 향했다. 얼굴이 약간 발개진 채 녹색이 내가 말한 자리에 앉았다. 한동안 녹색을 살피던 정 씨가 고개를 흔들더니 가족 중 남편에게 말을 걸었다.

내가 어쩌다 녹색 옆에 가서 앉았다. 스웨덴 가이드도 떠났고 혼자서 저녁을 먹어야 할 참이었다. 샐러드를 먹다가 추리닝이 이게 뭐냐고 녹색에게 물었다. 녹색이 입을 우물거리며 말했다.

"이거 다마네기잖아. 물에 담가 매운맛을 빼고 다른 물이 좀 들었지만, 다마네기가 틀림없어."

갑자기 웃음보가 터졌다. 그녀의 입에서 다마네기란 말이 술술 나올 줄 정말 몰랐다. 내가 웃자 옆 테이블에 있던 사람들이 덩달아 웃었다. 추리닝도 웃고, K도 웃고, 접시를 치우던 직원도 따라 웃었다. 와인을 마셔 벌게진 얼굴들이 서로 잔을 부딪치며 웃고 있었다.

녹색이 왜 갑자기 자신이 다마네기란 말을 썼는지 모르겠다며 평소에 전혀 쓰지 않던 단어가 어떻게 자기 입에서 튀어나왔는지 알 수 없다고 말하자 우리는 더욱 크게 웃었다. 이상하게도 아무것도 아닌 일로 웃기 시작하자 웃을 만한 일들이 줄줄이 따라왔다. 달걀이 바닷가재 옆에 있는 것도 우습고, 바나나 옆에 연어가 있는 것도, 건너편 자리의 일본인들이 "다마네기" 하고 우리를 흉내 내며 고개를 갸우뚱거리는 모습도 웃겼다.

하얀 바지와 하얀 스웨터를 입은 부부는 와인을 마시고 있었다. 그때 갑자기 굉음이 들렸다. 폭탄이 터지는 소리였다. 모두 깜짝 일어났다. 부부 중 남편 정 씨의 핸드폰에서 나는 소리였다. 재빠르게 알람을 끄면서 그는 죄송하다고, 먼저 올라간다고 하며 나갔다. 와인 잔을 든 아내는 남편을 멀뚱 바라봤다. "한국에 전화할 시간인가요?" 가족 중 아내가 물었다. 정 씨 아내가 대답했다. "그이 옷 빨래할 시간이에요. 지금 빨아 널어야 내일 아침에 마른대요."

얼핏 본 녹색의 손톱이 며칠 전과 달리 조금 변했다. 원래의 손톱 색이 조금씩 나오고 있다. 내 손을 살펴보았다. 그녀의 손톱과 비교하면 형편없었다. 손등도 거칠고 그새 자란 손톱 밑은 지저분해 보였다.

"건배!"

녹색이 말했다. 오늘 밤도 제대로 자긴 글렀다고 생각하며 콜라 잔을 부딪쳤다. 어느새 녹색의 시선이 정 씨의 아내에게 쏠려 있었다. 한 번 더 엄지순, 하고 불러볼까 하

는데 내 생각을 알아차린 듯 녹색이 추리닝에게 잔을 부딪
쳤다.

"너도 건배!"

언제부터 녹색이 추리닝에게 반말을 썼을까. 추리닝이
방을 혼자 쓰기 시작하면서부터였는지 아니면 그 전부터
였는지. 이때다 싶어서 추리닝에게 사실을 말해주었다. 내
가 담당자에게 잘 이야기해서 회사에서 싱글 룸 비용을 부
담할 것이라고.

선생님 한 명이 염소젖 치즈를 냅킨에 싸고 있었다. 내일
아침이면 그냥 버릴지도 모르는 것을 애써 남의 시선을 살
피며 가방에 넣고 있었다. 내가 보고 있다는 것도 모른 채.
나는 또 내 앞에 놓인 냅킨을 만지작거렸다. 어쩌면 헝겊이
라고 착각할 정도로 촉감도 좋고 두께도 있어서 푹신했다.
선물용으로 몇 묶음 사놓은 것보다도 더 좋았다. 집에 있는
식탁에 놓고 보기만 해도 일상이 즐겁겠다. 테이블 한쪽 귀
퉁이에 가지런하게 쌓인 냅킨 뭉치. 몇 장 가방에 넣어가고
싶었지만 꾹 참았다.

새벽에 일어나 옆 침대를 보니 비어 있었다. 아마도 그
녀는 갑판에 해돋이를 보러 나갔을 것이다. 먼저 샤워를
했다. 아침 식사까지 시간이 좀 남았다. 일주일 전쯤 손톱

을 잘랐는데 그새 자랐다. 툭툭, 손톱 밑이 보이도록 바짝 손톱을 깎았다. 손톱이 자라는 동안 있었던 모든 일이 떨어져 나간 조각에 새겨져 있을 것 같았다. 뭔가 두고 가면 다시 여기 오게 된다던 말이 떠올랐다. 냅킨에 그걸 싸 가지고 갑판으로 올라갔다. 거기 그녀가 있었다. 현지 가이드가 알려준 시수Sisu라는 핀란드 단어가 기억났다. 노란 면바지를 입고 보라색 크록스를 신은 그녀는 단발머리를 귀 뒤로 넘긴 채 뱃전에 떠오르는 해를 마주하고 있었다. 동요되지 않고 끈기 있게 자신의 삶을 잘 이끌어가는 늑대 같았다.

조각들을 발트해에 빠뜨렸다. 내년까지 못생긴 내 손톱을 심연에 묻어두고 가고 싶었다.

"메리 크리스마스, 해피 뉴 이어!"

미정 씨의 말이 생각났다. 보이지 않는 속도로 다시 손톱이 자라기 시작했다.

파두츠의 구두장이

인수는 목적지에 당도했다. 캄보디아에서 출발한 지 스물일곱 시간만이었다. 우선 할 일은 파두츠 시내에서 민박할 곳을 알아보는 것이었다. 인터넷으로 호텔 사이트를 검색해보았지만 빈방이 없었다. 그는 자신이 직접 보고 교통이 편리하면서 경치 좋은 곳으로 방을 정할 생각이었다. 이곳에서 해야 할 일이 있었다. 넉넉잡고 일주일쯤 머문다면 뭔가 결말이 날 것 같은 예감이 들었다.

리히텐슈타인은 인구가 삼만 오천 명밖에 되지 않는 나라다. 한국인도 몇 명 있다고 들었다. 리히텐슈타인 공국의 수도인 파두츠는 방금 지나온 스위스의 여느 소도시처럼 소박하고 정갈한 인상이다. 그는 파두츠 거리를 대강 스케치해두었다.

열두 살 때부터 그는 막연히 꿈꾸었다. 어른이 되면 매일같이 맘껏 수박을 먹으면서 살아야지. 이른 여름 가족끼리 간 식당에서 맛본 차고 붉은 수박 한 조각에서 시작된 열두 살의 꿈이었다. 나중에 더운 나라에서 살고 싶었다.

인수는 이제 막 서른이 되었고, 더운 나라에서 수박을 먹는다.

홍은 어제 작업한 구두를 다시 살펴보았다. 녹색 구두를 군청색으로 바꾸는 일이었다. 신던 구두의 색깔을 바꾸는 것은 까다로운 작업이었다. 색이 깔끔하게 잘 나와서 그는 미소를 지었다. 이제 작업할 구두는 아홉 켤레에서 네 켤레로 줄어들었다. 손끝이 얼얼해졌다. 성안에서도 그에게 구두를 맡기는 사람들은 대개 성격이 느긋한 편이었다. 금방 수선이 끝나 그 자리에서 바로 돌려주기도 하지만, 보통은 하루가 걸리고 길게는 사나흘 지나 돌려줄 때도 있었다. 여벌의 구두가 없으면 구두를 맡기기 어려웠다.

홍이 파두츠성으로 들어와 구두 수선을 한 지 어느덧 십 년이 되어가고 있었다. 이제는 성안 사람들 누구나 홍을 보면 아는 체를 했다. 궁성 정문의 경비도 그에게 가끔 구두를 맡겼다. 홍은 승마 부츠, 정장화, 운동화 등 어떤 신발을 보더라도 어디가 잘못되었는지 금세 알아차렸다. 십칠 년째 한 가지 일만 하다 보면 누구라도 그리 될 수 있었다. 성안에서 그에게 구두를 맡기지 않는 이는 한 사람뿐이다. 국왕한스 아담 2세는 절대 수선한 구두를 신지 않는다. 국왕은 어떤 구두든 일 년만 지나면 버리거나 직원들에게 주었다. 그걸 받은 성의 직원들이 종종 수선을 부탁하는 일은 있지만 국왕이 직접 홍에게 구두를 맡긴 적은 아직껏 없었다.

정오가 되자 홍은 도시락 가방을 열고 아내가 싸준 샌드위치와 수정과를 꺼냈다. 그는 먼저 캔을 따서 수정과 한 모금을 마셨다. 한국산 수정과는 취리히에 있는 단골가게에 가면 살 수 있었다. 십여 년 전 우연한 기회에 한번 사 먹은 다음 홍은 유독 이 음료만 찾았다.

인수는 캄보디아에서 일했다. 프놈펜의 사만 오천 평 대지에 세워진 우상무역코리아는 겉에서 보기에도 웅장하다. 망고나무와 파파야나무, 두리안나무를 비롯해 여러 수종이 울창하게 서 있다. 캄보디아 현지 한국 공장의 구성원들은 다양하다. 라오스인, 베트남인, 태국인, 미얀마인, 필리핀인, 말레이시아인까지 거의 모든 동남아시아 사람들이 모여 있다. 매일 식탁에 후식으로 수박이 나오는 걸

보며 인수는 흡족해한다. 사오천 명쯤 되는 직원들 틈에서 복닥거리면서도 웃음을 잃지 않는다.

인수는 이 년째 이곳에서 일하고 있다. 처음엔 본사 사무직으로 입사했는데 얼마 안 있어 갑갑증을 느껴 도저히 사무실 생활에 적응이 되지 않았다. 퇴근 후 잦은 술자리에도 쉽게 어울릴 수 없었다. 원래 그는 산업디자인을 전공했다. 뛰어난 재능은 없었지만 누구라도 한 번 보면 그 얼굴의 특징을 잘 기억했다. 학창 시절에는 그가 빠르게 그린 인물 크로키를 받아든 사람마다 놀라곤 했다.

"그 얼굴이 그 얼굴 같아서 분간할 수가 없으니, 일을 시켜먹을 수가 있어야지."

캄보디아 공장에서 잠시 본사로 들어온 정 과장이 하는 말을 듣고 그는 캄보디아에 흥미가 생겼다. 파견근무를 하면 수당도 많을 뿐더러 공장에 딸린 기숙사에서 생활하니까 여러모로 좋은 점이 많을 것이었다. 월세 오십오만 원만 절약해도 그게 어딘가. 더군다나 어학연수로 일 년 반 동안 미국에 가서 익힌 영어를 본사에서는 거의 쓸 일이 없었다. 어린 날의 꿈대로 캄보디아에서 살면 영어도 사용할 수 있고 월급도 더 많았다. 결혼한 직원들은 육아와 아이들 교육 때문에 꺼리는 곳이지만 그에게는 좋은 기회였다.

회사에서는 그의 현지 공장 지원을 기꺼이 수락했다. 일은 힘들지만 나름대로 보람도 있었다. 수박을 매일 먹을 수 있고, 회식보다 직원들 속에서 일하는 것이 더 나았다. 그러다 그게 조금 시들해질 무렵 거래처에 근무하던 으레악 스마이를 만났다.

그는 그녀와 육 개월 전에 결혼식을 올렸지만 아직까지 혼인신고는 하지 못한 상태였다. 시간이 걸리는 몇 가지 절차상의 문제로 한국 영사관에서 허가가 떨어지지 않았다. 키가 크고 눈이 큰 스마이. 보조개가 생기는 웃는 얼굴이 시원스러웠다. 결혼 후 그녀는 회사를 그만두었다.

홍은 광부 출신이었다. 탄광 근처에 가본 적도 없었는데, 강원도 도계에서 단기 속성으로 광부 수련을 거쳐 독일에 왔다. 어느새 그가 한국을 떠나온 지 사십 년이 훌쩍지났다. 이렇게 오래 해외에 머무를 생각이 아니었는데 어쩌다 보니 그렇게 되었다.

1970년 7월 7일, 홍은 스물여섯의 나이로 한국을 떠났다. 홍은 그날을 또렷이 기억한다. 김포공항으로 향할 때는 멀미로 힘들었는데 정작 비행기 안에서는 멀쩡했다. 홍은 파견 광부 자격으로 독일에 왔다. 그는 보훔에 있는 광산과 삼 년간 계약했는데, 그 기간이 끝나면 즉시 귀국하는 조건이었다. 그 당시엔 독일 광부 월급이 한국 직장인 월급 평균보다 여덟 배나 많았다. 함께 떠난 사람들 중에는 광부 출신보다 광부 출신이 아닌 사람이 훨씬 많았다. 체류 기간 연장을 위한 재계약은 드물었고, 독일에서 다른 직업으로 이직하는 것은 불가능했다. 설령 가능하다 해도 그는 독일에 오래 머물고 싶은 생각은 없었다. 삼 년간 열심히 일해서 어느 정도 돈이 모이면 당연히 한국으로 돌아가겠다고 마음먹었다.

인수는 결혼 후 스마이와 공장 근처에 집을 얻었다. 스마이는 요리에 소질이 없었다. 그녀는 한국 음식만이 아니라 캄보디아 요리도 잘하지 못했다. 인수는 아침을 대충 먹고 공장에 와서야 비로소 밥다운 밥을 먹을 수 있었다. 하루에 한 번 기숙사 식당에서 한국식으로 차려진 밥상을 대할 때마다 그는 자신이 외국인과 결혼했다는 사실을 실감했다. 수박은 매일 먹을 수 있지만, 스마이와 생활 양식이 다르니 다가갈 수 없는 한계가 있었다. 그녀는 음식뿐만 아니라 집안일도 서툴렀다. 먹는 것도 조금, 움직이는 것도 조금. 온종일 집에서 시간을 보냈다. 인수는 스마이를 볼 때마다 답답해졌다.

두 달 전에 그녀가 임신한 사실을 알았다. 임신을 확인한 후부터 스마이는 입덧을 이유로 음식을 만들지 않았다. 그때부터 그는 기숙사 식당에서 매끼를 해결해야만 했고, 식사 시간에 맞춰 출근했다. 그녀는 미안해하는 기색이 없었고, 냉장고 안에는 수박이나 망고 같은 과일과 생수병만 있을 뿐이었다. 스마이는 그날그날 구운 바나나와 찐 고구마를 사 먹는 것 같았다. 인수는 수박에 손이 가지 않았다.

캄보디아 현지에서 일하며 자리를 잡고 앞날에 대한 계획을 염두에 두고 스마이와 결혼했다. 한 달에 삼천 달러는 일반 캄보디아인 월급에 비하면 많은 금액이다. 그중 천 달러를 생활비로 한다면 이천 달러 정도를 저금할 수 있을 것이다. 다달이 그 돈을 모아서 프놈펜 중심가에 옷가게를 내고 또…… 여기서 산다면 사람들과 퇴근 후 어울리지 않아도 되고 매일 수박을 먹을 수 있을 것이다. 처음 계획은 그랬다.

홍보다 먼저 독일에 왔던 첫 번째 아내는 간호사였다. 서울에서 대학을 나왔고 독일어로 서류를 작성할 수 있었다. 파독 간호사는 파견에 따른 조건이나 신분 보장도 광부들보다 훨씬 나았다. 파독 광부는 광산을 그만두거나 이 직하면 바로 불법체류자 신세가 되었다. 아내는 간호사로 일하면서도 틈틈이 한국에서 온 정부 관계자와 대기업 간부들을 가이드해줄 정도의 회화 실력도 있었다.

홍은 처음 독일로 올 때 딱 삼 년 일하고 목돈을 챙겨 돌아가자던 계획과는 달리 어렵게 계약 기간을 두 번이나 연장하고, 독일에 정착한 아내와 결혼했다. 그는 비로소 독일에 살 수 있는 법적 권리를 얻게 되었지만 그 시간은 그리 길지 않았다.

인수는 어떻게 스마이에게 말할지 고민했다. 그는 잠깐이라도 캄보디아를 떠나고 싶었다.

그때 생각난 곳이 리히텐슈타인이었다. 「행복한 눈물」이란 팝아트 작품을 그린 화가 로이 리히텐슈타인을 떠올리게 하는 나라다. 그 이름을 처음 들었을 때 이른 여름의 수박 한 조각을 먹은 것처럼 불현듯 침이 고였다. 스위스와 오스트리아의 중간 지점에 위치해 있는 유럽에서는 네번째, 세계에서는 여섯 번째로 작은 나라. 순전히 여행만을 위해 혼자 외국에 간다는 게 선뜻 엄두가 나지 않았지만 그래도 일 년에 단 한 번, 십사 일간의 유급 휴가가 주어진다면 먼 나라에 가보는 것도 괜찮을 것 같았다. 아니, 평소와 다른 시간이 필요했다. 한국말이 아닌, 캄보디아말이 아닌, 또 다른 언어가 필요했다. 그는 인천공항을 거쳐 스위스로 가는 가장 싼 항공권을 끊었다.

스마이에게는 출장을 간다고 말했다.

한국에서 연락이 왔다. 아버지는 홍이 두 번째 계약 근무를 하던 때 돌아가셨고, 어머니는 살아계셨다. 형이 부도를 맞아 살 곳이 막막하다며 어머니가 울먹이며 전화했다. 그로서는 방법이 없었다. 온 가족을 거리에 나앉게 하느냐, 지금까지 집을 사려고 모아놓은 돈을 내놓느냐 선택은 둘 중 하나였다. 아내는 완강히 반대했다.

어머니가 다시 전화를 했다. 형은 숨어 다니고 어쩌면 이게 마지막 연락이 될지도 모른다고 했다. 그로서는 그때까지 모은 전 재산을 털어 한국으로 송금할 수밖에 없었다.

그것으로 끝이었다. 어느 날 아내는 신변을 정리해 한국으로 돌아갔다. 홍은 갑작스레 불법체류자 신세가 되었다.

인수가 캄보디아에 와서 일 년 반이 지나서였던가. 노조 문제로 프놈펜 시내의 호텔에 갔다가 우연히 어떤 한국 남자가 하는 말을 무심코 들었다. 화장실에서 손을 씻던 남자가 자기 일행에게 캄보디아엔 무궁화꽃이 없네, 너무 더워서 그런가? 프랑스에도 있고, 손바닥만 한 리히텐슈타인에서도 보았는데……, 하고 중얼거렸다. 그는 그때 그곳을 처음 들었다.

그 나라는 어디에 있습니까? 인수는 남자에게 물었다. 그가 빤히 인수를 바라보며 스위스 바로 옆에 붙어 있습니다, 주의하지 않으면 그냥 지나칠 정도로 작은 나라지요, 하고 말했다. 거기에 정말 무궁화가 있습니까? 인수가 물었다. 남자가 확신에 찬 목소리로 말했다. 내 눈으로 보았으니 무궁화꽃이 맞아요. 하도 신기해 사진까지 찍었는걸요. 그래요? 거기에 누가 무궁화나무를 심었을까.

하지만 인수가 리히텐슈타인을 여행지로 택한 것은 무궁화꽃 때문은 아니었다. 우연히 들은 그 지명이 갑자기 떠올랐고 잠시라도 아내와 떨어져 있고 싶었다. 또 오랫동안 잊고 지냈던 크로키의 감각을 되살리고도 싶었다. 그는 스케치를 할 때 자신의 손놀림을 좋아했다. 종이 위에 연필이 닿는 소리와 연필심을 싸고 있는 향나무 냄새가 좋았다. 덥지 않은 나라에서 열흘만 지내다 올 수 있다면, 이제 수박을 먹지 않고도 살 수 있겠다 싶었다.

잘 익은 수박 같은 노을이 지는 저녁이었다. 프놈펜 공항으로 향하면서 그는 자기가 떠나는 게 단지 이 나라만이 아니었으면 했다. 인천공항을 경유하여 비행기를 갈아타고 스위스에 닿았을 때는 한밤중이었다. 공항 근처 호텔에서 하룻밤을 자고, 인수는 다음 날 셔틀버스를 이용해 기차역으로 갔다.

불법체류자로 아슬아슬하게 이 년을 버티던 홍이 지금의 독일인 아내를 만난 것은 천운이었다. 아내가 아니었다면 언젠가는 잡혔을 것이며 추방돼 빈털터리로 한국으로 왔을 것이었다. 아내는 파독 간호사들에게 독일어를 가르쳤고 또 유창하게 한글을 읽고 쓰고 말할 수 있었다.

다행히 구두 수선은 별달리 대화가 필요 없는 직업이었다. 간혹 어렵거나 까다로운 주문이 들어와서 못 알아듣는 경우가 생기면, 홍은 일을 부탁하는 사람에게 메모지와 펜을 건넸다. 영어나 독일어로 쓰인 메모지를 보여주면 아내가 한국말로 설명해주고 그 위에 구두 맡긴 사람의 요구사항을 써주었다.

신발을 맡긴 얼굴은 기억하는데, 홍은 종종 꼬리표에 붙은 이름과 얼굴은 연결하지 못했다. 그렇다고 구두를 잘못

내준 적은 없었다. 몸집이나 걸음걸이와 구두를 연결해서 기억하면 실수가 없다. 구두 색깔을 바꾸는 작업을 할 때 홍은 아내에게 도움을 청했다. 어느새 거의 반백이 된 아내는 언제나 기꺼이 그를 도와주었다. 힘들어도 절대 화를 내지 않았다.

홍이 보기에 아내는 세상일을 받아들이는 자세가 자신과 너무 달랐다. 독일이 전쟁에서 패전했다지만 아내는 불법체류의 기억도 없고 배고팠던 기억도 없이 모든 걸 재건해 안정되게 산 나라 사람이었다. 홍은 자신도 이제는 아내처럼 살고 싶다는 생각을 비로소 하게 되었다.

인수는 파두츠 중심가에서 도보로 십 분쯤 걸리는 곳에 방을 얻었다. 아담한 집의 다락방을 일주일간 빌리기로 했다. 달러로 계산하면 하루에 백 달러 정도로 호텔보다 훨씬 쌌다. 그는 백 달러로 맥주 몇 캔을 살 수 있는지 계산해보았다. 하루에 캔맥주 삼천 개를 마셔버린 결혼식 피로연이 생각났다. 그날 그가 지불한 음식값만 얼마였던가. 인수는 그날이 떠올라서 얼굴을 찡그렸다.

파두츠성으로 가는 초원길은 소박하고 평화로운 정경이었다. 성 앞 잔디밭에 소를 방목하고 있었다. 성문 앞까지는 갔지만 막상 성에서는 관광이 허락되지 않아 그 앞에서 사진만 찍고 내려왔다.

파두츠성을 거쳐 우표박물관으로 가는 길가에 그 남자가 말한 보라색 무궁화꽃이 드문드문 피어 있었다. 이 나라의 우표는 세계적으로 유명해서 관광객이라면 누구나 우표박물관을 방문한다. 그곳으로 가는 대로변에서 본 무궁화꽃은 한국에서 본 것과는 달랐다. 색깔이 더 진했고 꽃술 모양이 짧아 보였다.

자전거를 빌려 타고 돌아본 트리젠베르크 마을 사목구 성당에서 인수는 아름다운 묘지를 보았다. 붉은 양초가 들어 있는 사각형 유리 촛대가 각 묘비마다 놓여 있고, 햇살이 따사로운 곳에 작은 정원을 옮겨놓은 듯 각양각색의 꽃들이 그득했다.

홍이 지금의 아내와 재혼한 지 십 년이 될 무렵, 베를린 장벽이 무너졌다. 그때쯤 그는 아내의 도움을 받아 독일로 귀화했다. 홍이 독일에 온 지 십구 년이 지나서였다. 독일에서 리히텐슈타인으로 온 것은 1997년, 그의 나이 쉰세 살 때로 햇수로는 십칠 년 전의 일이다. 아내가 리히텐슈타인 요양병원에 일자리를 얻는 바람에 홍은 아내를 따라

왔다. 그즈음 홍과 같이 독일로 왔던 동료들은 거의 한국으로 돌아갔다. 얼마 남지 않은 이들이 홍처럼 독일에 정착해 살거나 다른 나라로 이주했거나, 더러는 아주 다른 세상으로 떠났다.

광산 일을 그만둔 지는 삼십 년도 더 되었다. 그런데 이상하게도 뒤늦게 폐소공포증이 생겼다. 정작 갱 속에 들어가 살 때는 오히려 멀쩡했는데, 요즘엔 비행기만 타면 멀미를 하고 어지럼증이 생겨서 멀리 갈 엄두가 나지 않는다.

파두츠에 와서야 알게 된 사실이 있다. 그간 광부 노릇은 능숙하게 해내지 못했지만 세상에서 그가 남들보다 잘할 수 있는 일이 한 가지 있었다. 언어도 집안일도 서툰 그였지만 구두를 수선하거나 닦는 일만은 누구보다 잘할 수 있었다. 구두 일은 독일에 오기 전 젊은 시절에는 어떻게든 비껴가고자 했지만 어려서부터 그가 가장 익숙하게 봐왔던 일이었다. 종로 화신백화점 뒤편 골목길에서 그의 아버지가 평생 하던 일이라 눈으로 이미 절반은 배운 터였다. 독일에선 자신의 신발과 아내의 구두만 만졌지 그 일을 직업 삼아 할 생각은 못했다. 그러다 이곳에 이주하자마자 파두츠 거리 한 모퉁이에서 소일거리로 시작한 일이 입소문이 나며 성안으로 이어졌고, 이제는 천직이 되었다.

그는 정원 뒤쪽에 있는 마구간을 마주 보는 푸른색 천막 아래에서, 뒤창이 닳아버린 남자의 걸음새를 떠올리다 흠집이 난 앞코를 기우고 사포로 바닥을 문지르고 굽을 갈아 끼웠다. 습기로 인해 부패하는 것을 막기 위해 홍은 벌똥을 실에 여러 번 바른 후 장화 한 짝을 마저 꿰맸다. 새 신을 신을 때보다 오히려 발이 더 편해졌습니다, 하고 사람들이 칭찬할 때면 홍은 슬며시 미소만 지을 뿐이었다. 그의 손님들은 대부분 신발을 헐렁하게 신는 편이었다. 자신의 발등뼈가 그들보다 높다는 것도 홍은 이 일을 하면서 알게 되었다.

남북 거리 이십오 킬로미터, 동서로는 육 킬로미터밖에 안 되는 작은 나라라는데, 여기서 무궁화나무를 심은 한국인을 찾는 일이 어려울 줄은 몰랐다. 이럴 줄 알았더라면 그 제안을 받아들이지도 않았을 텐데……. 잡지사에 다니는 친구한테 리히텐슈타인으로 혼자 휴가를 간다고 했는데, 얼마 뒤 그에게서 전화가 왔다.

"거기 가면 한국인 한 사람 찾아봐."

"어떤 한국인?"

"그곳에 무궁화 거리를 만든 사람이 있어."

친구는 거기에 그 나무를 심은 사람을 찾아서 인터뷰하고, 무궁화꽃이 피어 있는 거리 사진과 그 나무를 심은 사람 사진 몇 컷만 찍어오면 여행 경비 중 일부를 부담하겠노라고 했다.

인수는 경비 중 일부를 주겠다는 소리에 솔깃했다. 그는 무궁화꽃이 예쁘다고 생각한 적이 없었다. 그냥 우리나라 국화거니 했을 뿐이었다. 그가 들은 바로는 무궁화는 진딧물도 꾀고 벌레도 많이 타는 나무였다. 한마디로 병충해에 약한 종자. 질 때는 한 잎 한 잎 꽃잎이 떨어지는 게 아니라 동백꽃처럼 송이째 떨어지는 나무였다.

구두 수선을 하며 홍은 재미난 것을 발견했다. 스위스인이나 이탈리아인, 독일인보다 터키인들의 발등이 높다. 홍역시 발등이 높은 편이다. 그래서인지 스위스인, 이탈리아인, 독일인 들 구두는 조금 펑퍼짐한 느낌이고 터키인과 다른 동양인 것은 발등 부분이 위로 솟아 있다.

구두는 잘 파악하면서도 홍은 서양인들의 생김새는 쉬이 눈에 들어오지 않는다. 이걸 신고서 이 사람은 밖으로 나다녔겠지. 다른 나라에도 갔을 것이다. 한국에 갔다 왔을지도 모르지. 마치 자신이 바늘 하나로 나라와 나라를

208

깁는 것 같았다. 구두 주인이 밟았던 땅과 빗물과 눈의 촉감이 그 속에 깊이 배어 있는 것 같았다. 가죽에 가죽을 덧 댈라치면, 땅과 땅을 짜깁기하는 것 같았다.

독일어도 서툴고 영어는 못 하는 그가 가진 보잘것없는 이력이 그를 이 성에 입성하게 해주었다. 독일어를 제대로 구사하지도 못하면서 어떻게 너는 성안에서 일을 하게 되었냐, 그 안에서는 어떤 사람들이 어떤 일을 하고 있느냐, 사람들이 물으면 홍은 대답을 얼버무렸다. 구두를 수선하는 것은 말로 하는 일이 아니므로 성안에 들어와 비로소 홍은 독일어가 어눌한 자신이 부끄럽지 않았다.

잡지사 친구가 알려준 한국 사람에게 전화를 걸어 무궁화를 심은 사람에 대해 물어봤다. 전화를 받은 사람은 알 만한 사람에게 연락해보겠다고 했지만 연결된 사람들 중 아무도 무궁화나무나 그걸 심은 사람에 대해서 궁금해하지 않았다. 무궁화꽃이 어디에 있다고요? 외려 그에게 물었다.

"그걸 알아 뭐 합니까? 더 예쁜 꽃도 많은데, 차라리 정원을 구경하는 게 낫지 않을까요?"

세 번째 남자는 농담조로 말했다. 리히텐슈타인에 무궁화나무를 심은 사람도, 그걸 기사화하겠다고 하는 친구도,

또 거기에 응하여 그 사람을 찾는다는 사람도 이상한 사람 취급을 했다.

"여행을 왔으면 그냥 놀다 가세요. 스위스에 가면 한국 인이 하는 노래방도 있고 유학생이 많아서 쉽게 어울릴 수 있을 겁니다."

인수는 혼자 파두츠 거리를 돌아다녔다. 사흘만 지나면 여길 떠나야 하는데, 슈퍼마켓에서 먹을거리를 어느 정도 해결했지만 방값에다가 나흘 동안 체류한 비용이 만만치 않았다. 식비도 비쌌다. 무궁화나무를 심은 사람을 찾아다 니느라 원래 자신이 생각했던 휴가도 모호해진 느낌이었 다. 한 번 더 둘러본 우표박물관과 파두츠 미술관 앞에 설 치된, 자고 있는 영혼을 상징한다는 뚱뚱한 조각상을 구경 하는 것도 시들해졌다. 자신은 리히텐슈타인에 왜 온 것 일까. 무엇이 자신을 끌어당긴 것일까. 이상하게도 친구의 부탁이라지만 그 사람을 찾는 걸 포기할 수도 없었다.

인수는 무궁화꽃이 활짝 핀 나무를 그린 다음 그 아래 에 독일어와 영어와 한국어로 "누가 리히텐슈타인에 무궁 화나무를 심었을까요? 알려주세요!"라고 썼다. 그림을 사 람들에게 보여주며 수소문했지만 아무도 관심을 갖지 않 았다. 배추를 팔아서 한국인이 자주 간다는 슈퍼마켓 유리

창에도 슬쩍 그림을 끼워놓았지만 이틀째 아무 소식이 없었다. 무궁화를 심은 사람이 한국인일 거라는 잡지사 친구의 추정이 틀렸을 수도 있다. 그는 슈퍼마켓에서 나올 때 맥주와 샌드위치, 치즈, 소시지 등을 잔뜩 사가지고 숙소로 돌아왔다. 그처럼 큰 매장에 수박이 없었다.

방에서 뒹굴거리며 맥주를 마시는데, '잘 지내? 스타벅스가 곧 들어온대.' 하고 스마이가 카카오톡 메시지를 보내왔다. 프놈펜을 떠난 지 일주일 만이었다. 그간 인수가 보낸 카카오톡은 수신 확인이 되었지만 그녀가 메시지를 보낸 건 처음이었다. 스타벅스가 처음 프놈펜에 들어온다는 뜬금없는 메시지였다. 그는 우표박물관에서 찍은 우표 사진을 전송하며, '그래? 고마워!'라고만 썼다. 곧이어 보이스톡을 요청했지만 스마이는 응답하지 않았다.

리히텐슈타인으로 이주한 다음 해 봄이었다. 홍이 아내가 운전하는 차를 타고 독일에 다녀오던 길이었다. 길가에서 눈에 익은 꽃나무 가지 여남은 개를 잘라 온 게 시작이었다. 연필 길이만 한 삽목 스무 개를 시내 공터에 심었다. 특별한 의미가 있어서는 아니었다. 거기에 그가 이름을 아는 나무가 있었던 것뿐이었다. 금방 뿌리를 내리기는 했지만 생각만큼 나무는 잘 자라지 않았다. 그런데 그런 무궁화가 파두츠성 바깥 프랑켄 마을 숲속에도 있었다. 다시 그걸 잘라서 삽목한 나무에 브이 자로 칼집을 내고 새 가지를 칼집 부위에 맞춰 넣고 흙으로 꼭꼭 여며주었다. 나무들은 쉽게 자라 몇 년 후 꽃을 피웠다. 그러나 리히텐슈타인에 핀 무궁화는 홍이 한국에서 본 무궁화들과 좀 달랐다. 색이 아주 진했다. 이른 여름 솟은 붉은 빛깔이 그의 마음을 흔들었다.

일주일을 헤맨 끝에 인수는 전화번호를 알아냈다. 슈퍼마켓에서 만난 노인을 통해서였다. 노인은 한국에서 왔습니까? 하고 말을 시키더니 홍의 전화번호를 건네주었다.

인수는 홍에게 전화를 걸었다. 먼저 자신의 신분을 밝힌 후, 혹시 선생님께서 무궁화나무를 심으셨습니까? 하고 묻자 잠시 침묵이 흘렀다. 아닙니다. 그가 또박또박 끊어서 대답했다. 나는 그냥 나무를 심었습니다. 옛날에 많이 봤던 나무 같아서 그걸 그냥 거기에 꽂아놓은 것뿐입니다. 거기까지 말하고 홍은 더는 말이 없었다.

저를 좀 만나주실 수 있는지요? 제가 지금 선생님이 계신 쪽으로 가겠습니다. 홍은 아무런 대꾸가 없더니, 한참 만에야 마지못해 말했다. 지금은 곤란하고 제가 퇴근한 후에 국회 앞 광장에서 보지요. 여섯 시로 약속을 잡았다. 전화를 끊고 인수는 잡지사 친구가 보낸 질문 목록을 살펴보았다. 열두 가지 질문 중에 쓸 만한 건 별로 없었다. 그는 스케치북을 챙겼다. 혹시나 사진을 찍을 수 없는 상황이라면 크로키라도 해야 할 것 같았다.

홍이 먼저 인수를 보았다. 인수가 인사를 하자 홍이 그에게 물었다.

"김인수 씨는 한국에서 오신 겁니까?"

"아닙니다. 캄보디아에서 왔습니다. 하지만 캄보디아엔 몇 년 일하러 나와 있는 상태이고 언제든 한국으로 돌아갈 수 있습니다."

"이곳에 무궁화를 심은 사람은 왜 찾는 겁니까?"

"어쩌다 잡지사에서 일하는 친구 부탁을 받았습니다."

하얀 셔츠와 청바지 차림의 홍은 약간 굽은 허리와 주름 투성이인 손만 빼고는 꽤 젊어 보였다. 홍이 가방에서 수정과 캔 하나를 꺼내 인수에게 건넸다.

"선생님, 시간 내주셔서 감사합니다. 그런데 무궁화는 어쩌다가 심으셨는지요?"

"아까 한 얘기 그대로 그게 무궁화라서가 아니라 내가

한국을 떠난 지 삼십 년이 지났는데도 첫눈에 익숙해 보이는 나무라서 그랬던 거지요. 사실 나무를 심어놓고도 얼마간 잊어버리고 있었는데, 어느 해 여름 저녁 무렵 그 앞을 지나는데 무궁화꽃이 해가 높지거니 떠 있듯 피어 있는 겁니다."

"그럼 그때부터 더 많이 심으셨던 건지요?"

"그런 건 아닙니다. 어느 해는 꽃이 제법 많이 핀 곳을 자주 지나다녔는데, 진딧물이 온통 나뭇가지를 덮고 있는 걸 보고는 꺼려진 적도 있었지요. 벌레가 많이 끼는 나무를 옮겨놓은 것 같아 죄지은 것 같고 무서웠습니다."

"그게 언제쯤인지요?"

"한 십 년 되었을 겁니다. 어느새 잊어버리고 또 아내와 그 앞을 지나가는데 벌레 먹은 흔적도 없이 꿋꿋하게 여전히 거기 무궁화가 피어 있더군요. 그래서 아내에게 말했지요. 사실은 저 나무에 벌레가 많이 꾀어 가까이 가기 싫었는데 어쩐 일인지 지금은 벌레 먹은 흔적조차 없다고 말이지요. 아내가 웃더군요. 일 년에 한두 번 방충제를 뿌려주면 진딧물도 벌레도 사라지는데 뭐가 그리 무서웠냐고. 할 말이 없어서 내가 그랬지요. 꽃이 송이째 뚝뚝 떨어지는 것이 꼭 탄광 막장으로 붉은 것이 떨어지는 것 같다고. 아내가 그러더군요. 쉰 송이가 떨어지면 그만큼 도로 피어날 건데 뭐 두려울 게 있냐고."

"선생님께 별 의미는 없었다는 뜻인지요?"

"내가 그때는 아직 한국인이라서 그랬겠지요. 그 많고 많은 나무 중에 유독 그 나무가 익숙했던 건. 지금은 아내 옆에서 조용히 늙어가는 리히텐슈타인의 구두장이일 뿐이지요. 구두를 만지는 것은 오래된 제 꿈입니다. 인수 씨와 통화할 때 무궁화라는 단어가 참 낯설더군요. 이제 여기에 무궁화를 옮겨 심은 낯선 이방인 따윈 잊어버리기 바랍니다."

홍이 말하는 동안 인수는 살그머니 연필을 움직였다.

"구두에 관해서라면 한마디 하겠습니다. 댁도 나처럼 발등이 높군요. 지금처럼 신발을 꽉 조이게 신으면 핏줄이 눌려 명치가 답답하게 느껴지지요. 발등이 조금 높은 구두를 신으면 몸이 한결 편해질 겁니다."

안경을 쓴 홍의 얼굴이 붉었다. 리히텐슈타인의 무궁화는 이전에 인수가 알던 더도 덜도 아닌 그 꽃 그대로일 뿐이었다. 홍이 사진으로 허락한 것은 자신의 두 손까지였다. 이곳에 무궁화를 옮겨 심은, 손바닥에 쇠 징처럼 옹이가 박힌 파두츠 구두 수선공의 손이었다.

리히텐슈타인을 떠나며 인수는 생각했다. 군대도 세금도 실업자도 없다는 알프스 아래의 이 작고 선선한 마을에 산다면 신발을 헐렁하게 신고 말없이 늙어갈 수도 있을까. 버스 안에서 안개에 둘러싸인 성을 올려다보았다. 그 안에 구두를 수선하는 사람이 있다는 것이 그리 새삼스러울 것은 없었다. 한국인이 독일인으로 바뀌고 리히텐슈타인 사람으로 바뀌는 것도 이상할 게 없었다. 스마이가 아이를 낳으면 그 아이는 한국인일까 캄보디아인일까. 그건 누가 결정해야 하는 것일까.

떠나온 지 열흘도 채 되지 않았는데, 매일 치즈와 샌드위치와 소시지로 끼니를 때워 속이 텁텁하고 입 안이 말랐다. 이틀 지나면 마음껏 수박을 먹을 수 있다. 침이 넘어갔다. 하얀 소가 어기적거리며 거리를 다니는 모습이 떠올랐다. 프놈펜까지 가는 하루가 느긋하게 기다려졌다. 인수는 흐릿해져 가는 성을 스케치하다 의자 등받이를 뒤로 한껏 젖혔다.

틀린 그림 찾기

정은경(문학평론가)

조선수의 소설은 한 점의 정물화 혹은 풍경화에 가깝다.
드라마틱한 사건 전개와 반전, 음모와 파국 등을 통한 서
사의 아슬아슬한 줄타기 대신, 마치 고전주의 화가처럼 엄
밀하고 냉정한 터치로 하나의 인상적인 정경을 내놓고 있
기 때문이다. 문장은 간결하고 단정하며, 절제된 호흡과
우아한 리듬으로 진행된다. 작가가 해부학자의 핀셋처럼
냉정하게 붙들어 박제한 존재들은, 기이하고 형형한 빛을
뿜내며 맞춤한 자리에 단단히 붙들려 있는 듯하다. 미동도
없이, 한 치의 빈틈이나 오류도 없이 정지된 시공간 속에
놓인 듯한 정물과 풍경은 그럴 듯한 안온함으로 잘 정돈되
어 있다. 그러나 독자가 시선을 돌리는 순간, 사물화된 존
재는 자동인형처럼 조용히 움직이기 시작한다. 조선수의

작품에는 샬롯 퍼킨스의 「누런 벽지」처럼 벽지 속에서 기어 나오기 시작한 '미친년'들이, 소리 없는 울부짖음과 광기의 몸짓이 미만해 있다. 조선수의 예민한 감각이 트릭처럼 숨겨놓은 그들은 우리가 미처 보지 못했던 일상의 타자들이다. 그녀가 엄정한 학자처럼 만들어놓은 조형 속에서 '틀린 그림'처럼 놓여 있던 그들은 어느 순간 상식과 통념을 흔들면서 위협적 형상으로 우리에게 달려든다. 그리고 그들의 손아귀에 붙들리고 마는 우리는, 끝내 그것이 타자가 아니라 우리의 얼굴임을 확인하게 된다.

콜로라도의 교도소에 갇힌 한국인 남자(「Pull」), 호화로운 주상복합아파트의 가사도우미(「제레나폴리스」), 리히텐슈타인 거리의 한국인 구두 수선공과 무궁화(「파두츠의 구두장이」), 탁출한 냄새 감별사의 걸인 행세(「마저럼」), '반려'를 둘러싼 인간과 동물의 쟁투(「아는 사람은 언제나 보이잖아요」), 북유럽 패키지 여행의 미스터리한 존재(「손톱」), 출판사에서 일하며 낙선작을 읽는 계약직 직원(「종이 호랑이」). 조선수 작품 속 익숙한 풍경의 구석에 놓인 낯선 존재들은 우리들의 익숙함과 평범함을 비웃듯 오점으로 치부된 그들의 실존을 명백하게 증언한다.

작가의 등단작 「제레나폴리스」는 이러한 '틀린 그림 찾기'의 가장 위험하고 위태로운 퍼즐을 보여준다. 화려한 주상복합아파트 '제레나폴리스'의 3707호. 멋진 전망과 아일랜드식 조리대, 인공지능 오븐과 팔십오 인치 스마트 텔레비전이 있는 주상복합아파트에 세 명의 여인이 모여 생일 파티를 즐긴다. 그들은 지하의 제레나폴리스 몰에서 쇼핑을 하고 연어 샐러드, 와인, 피자로 화려한 식사를 한다. 메이의 초대를 받은 이들은 삼십 대의 젊고 세련된 여인들이다. 현주는 드레스룸에서 멋진 롱 드레스를 입어보고, 민지는 치즈 오븐 스파게티를 만든다. 메이는 호스트답게 그 공간에서 더없이 자연스럽고, 깨끗한 피부를 가진 보라색 하이힐의 현주, 꽃무늬 원피스의 민지 또한 세련되고 우아하다. 멀리서 보면 이들은 제레나폴리스에 잘 어울리는 대도시의 젊고 발랄한 여성일 뿐이다. 그러나 사실, 이 그림은 틀렸다. 메이는 제레나폴리스의 입주민이 아니라 가사도우미일 뿐이고, 현주와 민지 또한 가사도우미에게 몰래 초대받은 도둑 손님일 뿐이다. 이 이면의 사실이 튀어나오는 순간, 매끈한 펜트하우스에는 불길한 정념이 퍼지고 그 정념은 고층 빌딩의 화려한 그림을 기이하게 뒤틀어놓는다.

주인 없는 공간에서 주인 행세를 하며 주인이 거저 준

'고급스러운 와인'으로 파티를 하는 이들 여인의 모습은 마치 창고에 들어온 쥐들처럼 불안하고 음험하다. "여기 끝내주네."와 "그거 먹어도 되는 거야?"라는 탄성, 불안은 메이의 생일 파티를 위험한 범죄 현장으로 뒤바꾸고, 이 아슬아슬한 시간 속에서 이들의 욕망과 절망은 적나라하게 드러난다.

이들의 위태로운 모험은 인터폰이 울리면서 절정에 이른다. 밤 아홉 시가 넘은 시각, 인터폰이 울리고 경비실에서 느닷없이 낯선 목소리가 달려든다. "엄마다, 얼른 열어, 나 화장실 급하다."로 이어지는 공습. 그러나 이 위급한 순간에 메이는 담대한 범인처럼 "몇 호 찾아오셨어요?"라고 되묻고, 차분히 방문 호수가 다르다는 것을 확인시켜준다. "놀라지도 않고 그렇게 침착하게 말하니? 꼭 너네 집 같아."라는 친구의 안도와 비아냥으로 이 사태는 끝나지만 이 위태로운 정경이 완전히 봉합되는 것은 아니다.

"뭐, 진심? 서로 돈을 주고받는 사이인데, 갑을 관계잖아." (……)
"여기서 갑을이 왜 나와? 넌 직장에 다녀본 적도 없잖아." (……)

"메이 정도면 괜찮잖아. 전문대학도 나오고 뭐,
이런 일 하게는 안 생겼지."

　현주가 말했다.

　"뭔 소리냐. 이런 일 하게 안 생겼다니. 이런 일하
게 생긴 사람은 어떻게 생긴 건데!"(50~51쪽)

　주인 여자가 메이에게 준 비싼 와인을 두고 벌이는 설
전 속에는 숨길 수 없는 진실, 즉 가사도우미라는 메이의
신분과 사회적 편견, 열등감이 폭로된다. "이런 일 하게는
안 생겼지."라는 말로 표현되는 연민과 위로는 역설적으
로 '이런 일'로 전락한 이들의 신분과 열등감을 분출시킨
다. 지하 할인 매장에서 포스를 찍어대는 것보다 펜트하우
스에서 고양이를 돌보고 청소를 하며 (얻는) 더 많은 보수
를 택한 메이, 그리고 베이커리에서 일하는 민지와 대학
졸업 후 7년째 백수로 살아가는 현주. 이들은 모두 이 공
간에 전혀 어울리지 않는 '틀린 그림'일 뿐이다. 그러나 이
오점은 이 매끈한 공간에서 은밀하게 움직이면서 안온함
에 균열을 낸다. 주인이 아닌 노예의 어지러운 동선은 우
아한 고전주의 조형예술에 함부로 그어진 획처럼 그림을
끝내 망치고 만다. 이들은 이런 방식으로 자신의 존재를

증명하고, 이 잘못된 그림에 대해 항의하고 있는 것이다. 이들의 항의에 의하면 애초에 틀린 그림은 그들이 아니라 주상복합아파트로 상징되는 계급 갈등과 사회구조이다.

이 지점에서 조선수의 우아한 풍경화는 치열한 리얼리즘으로 바뀐다. 작가의 '틀린 그림 찾기'가 잔혹하고 끈질기게 묻는 것은 세상이 제시하고 있는 그림 뒤에 숨은 진실인 것이다. 고급 주택에서 주인을 흉내 내는 저 짜릿한 도발은 영화 〈기생충〉을 통해 이미 전 세계인에게 공유된 바 있다. 그보다 먼저였을 조선수식의 발상은 공교롭게도 봉준호의 〈기생충〉의 계단, 지하 등의 계급적 이미지와 겹친다. 조선수의 「제레나폴리스」는 〈기생충〉과 같은 파국을 보여주지는 않지만, 부조리한 계급구조에 대한 강력한 항의라는 메시지를 공유하고 있다.

메이 일행은 파티 흔적을 지우고 37층이라는 상류층에서 내려오지만, 존재의 알리바이조차 말끔하게 삭제한 것은 아니다. 메이는 오븐에서 죽은 고양이를 발견한다. 주인이 여행을 가면서 열어놓은 오븐 속에 들어가 갇힌 것으로 짐작되는 고양이를 메이는 캣타워에 옮겨둔다. 주인이 고양이의 죽음의 경로에 대해서는 알 수 없을 것이라고 생각하면서. 그러나 달라질 수 없는 것은 고양이가 죽었다는 것, 그리고 메이의 생일이 사실은 자살한 엄마의 제삿날이기도 했다는 것이다. 메이와 같은 하위주체는 화려한 주상복합아파트의 어두운 이면에 묻히고 마는 듯하지만, 그들은 은밀히 죽은 고양이처럼 사실의 연쇄 고리를 통해 끌려나와 물화된 자신의 존재를 저렇듯 강력하게 증명하고 있는 것이다.

「아는 사람은 언제나 보이잖아요」는 강원도로 연수를 떠난 아내를 텔레비전 뉴스에서 목격하면서 시작된다. 소설가인 '나'는 태풍 때문에 홋카이도 공항에 발이 묶인 사람들을 보도하는 텔레비전 뉴스 장면에서 아내를 발견한다. '아내를 닮은 여자'일 것이라고 생각하고 아내에게 전화를 걸자, 텔레비전 속 그 여자가 전화를 받고 '강릉이야'라는 입 모양을 낸다. 다음 날 아내는 예정된 시간보다 좀 늦게 귀가했고, 홋카이도 항공편은 여전히 결항이다. 틀린그림이다. 무엇이 틀린 것일까. 텔레비전 속 그 여자일까 아니면 아내일까. 둘 다 진실일 수 없다는 것, 그것을 받아들인다는 것은 쉽지 않다. 어떤 식으로든 파국을 의미하기 때문이다.

둘 다 사실이 될 수 없다는 이 딜레마는 반려동물의 죽음으로 확장된다. 대전에 직장을 둔 아내와 주말부부로 지내는 '나'는 결혼 후에도 경계가 허물어지지 않는 아내에게 이질감을 느낀다. 대신 '나'는 반려묘인 '와이'에게 친밀감과 교감을 느끼면서 아내가 부재하는 평일을 보낸다. 그러다 이들 셋은 캠핑을 떠나고 갑작스러운 폭우로 물에 떠내려가다 '와이'를 잃게 된다. 거친 물살 속에서 '나'는 악착같이 팔목을 붙잡는 '와이'를 밀어내고 아내를 구했던 것이다. 주변 사람들은 '나'의 애정과 영웅적 행동에 대해 칭송한다. 그러나 '나'는 왜 그때 '와이'가 아닌 '아내'를 선택했는지, 그것이 본능적인 것인지, 타당했는지에 대해 골똘히 생각하게 된다.

와이는 그냥 사람이었어요. 사람만 못한 게 없었고 그 자체로, 말이 통하지 않아도 교감이 되었습니다. 끊임없이 해달라는 대로 해줘야 하고 먹을 것과 배변을 처리해줘야 했지만 그 외는 잠잠히 곁에서 체온을 느끼게 해주는 존재. 설사하는 와이를 뒤치다꺼리하느라 종일 마룻바닥을 닦으면서도 똥 냄새를 못 느꼈을 정도로, 싫어했던 모든 일이 와이를 위해서라면 할 수 있는 일이 되었으니까요. 그런 존재가 아내일 수는 왜 없었던 걸까요? 제가 하는 것

만큼 아내가 제게 해주길 원했습니다. 항상 플러스
마이너스 생각을 했죠. 처음에 아내랑 결혼하려고
작심한 것도 아내의 능력이 저보다 월등하다는 나
름대로의 계산에서 나온 것입니다.(147쪽)

　화자인 '나'는 '빙하수'라는 닉네임의 남자에게 진심을
토로한다. 사람이어서, 고양이보다 혹은 다른 존재보다 절
대적으로 존귀하거나 가치를 지닐 수는 없다. 존재의 가
치가 다른 존재를 통해 증명되고 평가될 뿐이라고 한다면,
'나'에게 반려묘인 '와이'는 '아내'보다 훨씬 더 의미 있는
존재일 수 있다. 그 의미는 사람, 동물의 구분과 세속적인
계산법을 넘어 서로의 일상에 어느 정도 스며들었는가, 서
로에게 서로를 얼마큼 내주었는가로 결정된다. 이 척도에
의해서라면 '나'의 반려자는 '아내'가 아니라 고양이 '와
이'였던 것이다. 이 근본적인 질문은 또 다른 기이한 그림
에 의해 심화된다.
　우체국 앞 돌진하는 차에 의해 열두 살 아이가 치여 중
태에 빠진 사고가 발생하고 그 옆에 있던 한 남자가 아이
대신 자신의 반려견을 구했다는 사실이 알려지면서 뭇사
람들의 공분을 산다. '나'는 '와이'라는 닉네임으로 "힘내

세요! 사실은 사고를 낸 그 운전자의 잘못이지 남자가 잘못한 점은 없습니다."라는 위로의 댓글을 남긴다. '빙하수'라는 닉네임의 사건 당사자는 비밀 댓글로 '나'에게 자신의 죄책감과 심정을 토로한다. 아이를 보지 못했고, 차가 돌진하자 본능적으로 자신의 반려견을 잡아당겼다는 것. '빙하수'는 자신이 하지 않은 행위로 인해 왜 가해자가 되어 비난을 받아야 하는지 괴로워하며 "물론 아는 아이였다면 제 눈에 보였을 수도 있어요. 아는 사람은 언제나 보이잖아요."라고 항의한다. 빙하수의 이 말은 '나'가 당면한 상황에 대한 답이자 일종의 메타포이다.

「아는 사람은 언제나 보이잖아요」는 존재의 발견과 인지가 결국, 앎의 문제로 이어진다는 것, 더불어 앎은 곧 실존의 겹침, 시간과 육체의 절대적 나눔에 의해 두터워진다는 것을 환기시킨다. 그러므로 사람과 동물은 '반려'라는 차원에서 차별받지 않고 새롭게 가늠될 수 있으며, 텔레비전 속 여자 또한 아내라는 진실로 넘어올 수 있는 것이다. 물론 '나'의 의심은 아내에 대한 '나'의 무지, 혹은 불통으로 인해 발생한 망상일 수 있다. 그것이 오류이거나 망상이었대도 중요한 것은 그 그림을 불러온 밑자리, 즉 아내에 대한 '나'의 부정과 거리이다. 그것은 사실 여부와 상관

없는 진실이다. 그리하여 '나'는 자신의 소설 속의 현실을 끝내 이렇게 수정해놓고야 만다. '나'와 '아내', '와이'는 캠핑을 떠났고, 폭우에 휩쓸렸고, '나'는 아내 대신 '와이'를 구했으며, 아내 없는 슬픈 일상 속에서 '나'와 '와이'는 쓸쓸하지만 그런대로 평온한 삶을 이어갔노라고.

열다섯 명의 여행객이 참여한 북유럽 여행을 그린 「손톱」은 코펜하겐, 오슬로, 스웨덴의 멋진 풍광을 배경으로 하고 있다. 이 환상적인 풍경에서 '틀린 그림'은 기내식 공짜 맥주를 요구하거나 여권을 챙기지 않는 K 같은 진상 손님이 아니다. 여행 가이드인 화자는 홀로 여행에 참가한 한 여성과 한 방을 쓰게 된다. 녹색 매니큐어를 칠한 그녀는 사십 대 중반의 나이이지만 훨씬 젊은 외모를 지닌 단발 미인이다. 여행이 진행되는 동안 '나'는 녹색이 북유럽 풍경보다는 여행 패키지에 참가한 한 부부에 더 관심을 갖고 있음을 눈치채게 된다. '녹색'은 이국의 조각상 대신 부부를 찍으면서 남몰래 그들을 주시한다. 룸메이트로 그녀와 며칠을 보내면서 '나'는 녹색이 이십이 년 전 한 남자에게 실연을 당했고 결혼한 그 남자의 아내가 십 년 전에 암으로 죽었다는 것, 그리고 그것이 자신의 저주 탓이라고 생각하고 있음을 알게 된다. 물론 녹색의 이야기는 '친구

이야기'로 위장되지만, '나'는 부부 중 남자가 그녀의 옛 연인이었다는 것, 그리고 녹색이, 부부가 진짜 결혼한 부부인지 아니면 연인 관계인지 궁금해하고 있다는 것을 짐작하게 된다.

이야기는 이들이 선상에서 멋진 신년 파티를 즐기고, 새로운 해를 맞는 것으로 끝난다. 마지막 장면에서 '나'는 녹색의 새롭게 돋아난 손톱을 보고, 자신의 손톱을 잘라 발트해에 던져버린다. 아마도 지난 추억과의 결별을 뜻하는 상징이겠으나, 이 결단이 화자와 녹색의 내면에 흐르는 질긴 사랑과 상심의 완전한 해소가 될 수는 없으리라. 다만 그렇게 그들은, 그리고 우리들은 보이지 않는 속도로 자라나는 손톱과 함께 잔혹한 새 날 위에 내던져지고 흘러갈 뿐이다.

「Pull」은 콜로라도의 Z교도소에서 사형 일자를 확정받은 '샘'의 마지막 특별 식사를 다루고 있다. '조리한 지 이십사 시간 이내, 외부에서 반입할 경우 사십 달러를 초과해서는 안 되며, 플라스틱 식기류를 사용하되, 스테이크나 스튜 등에 한해서는 도자기 그릇을 일시적으로 허용한다'는 특식 규칙은 샘에게 특별한 고민을 안겨준다. 몸이 사라지기 전 몸을 위한 마지막 식사라니. 이 아이러니를 통해 '샘'은 고단했던 과거와 유년의 추억을 떠올린다. 그리고 그의 회상을 통해 어찌하여 마흔아홉 살의 한국인 '샘'이 미국의 콜로라도 교도소에서 사형수가 되었는지에 대한 미스터리를 풀어간다.

샘은 아홉 살에 엄마를 따라 미국으로 건너와 새아버지와 살게 된다. 그러나 열일곱 살에 엄마가 화재로 인해 질식사하고, 샘은 새아버지를 떠나 홀로 전전하다가 육가공 공장에서 일하게 된다. 도살된 소의 뼈를 발라내는 일을 하던 샘은 그 냄새를 견디기 위해 마리화나에 손을 대기 시작했는데, 어느 날 약에 취해 아이들이 하교하는 길거리에서 사람을 살해하고 만다. 그렇게 낯선 이국땅에서 사형수가 된 샘은 죽음을 앞두고 미역국과 달걀간장밥, 제사 비빔밥과 같은 음식을 통해 행복했던 시간과 다시 만난다. 이 미각의 실타래는 더 멀리 그를 이끌고 가서 유년 시절 누렁소가 뜯어먹던 풀, 엄마가 무쳐주던 나물과 채소를 불러온다. "풀만 먹고 살 순 없잖아. 그래서 미국으로 온 거야."라는 엄마의 탄식과 함께. 그렇게 해서 최종으로 선택된 특별 식사는 '엉겅퀴나물과 식혜 한 잔'이다. 사형수의 특별 식사를 허투루 준비하면 저주를 받게 된다는 터부가 있는 교도소에서 근무하는 빌에게 샘의 식사는 그저 소박한 식단일 수만은 없다. 낯선 이방인을 위한 마지막 식사를 정성스럽게 준비하는 빌의 손길, 그리고 생의 끝에서 자신의 기원을 조우하게 된 샘, 이 이질적인 그림 속에서 우리는 먼 길을 거슬러 이곳에 당도하는 노스탤지어를 만나게 되는 것이다.

조국을 떠난 이방인의 노스탤지어는 「파두츠의 구두장이」의 무궁화 거리로 변주되기도 한다. 더운 나라에 살고 싶다는 막연한 동경으로 캄보디아의 한국 공장에서 일하게 된 인수는 어느 날 갑자기 떠나고 싶다는 강렬한 욕구를 느끼고, 유럽의 작은 나라 리히텐슈타인으로 향한다. 잡지사 친구의 부탁으로 파두츠 거리에 무궁화를 심은 사람을 찾아 나서게 된 인수는 홍이라는 한국인을 만나게 된다. 솜씨 좋은 구두장이로 낯선 이국땅에서 살아가는 홍은 오래전 파독 광부의 길을 선택해 독일로 건너왔고, 파독 간호사였던 아내와 헤어지고 두 번째 부인을 만나 리히텐슈타인으로 건너온 이력을 지니고 있다. 그에 의하면 무궁화 거리를 조성한 것은 특별한 애국심 때문이 아니라, 독일에 다녀오던 길에 눈에 익은 꽃나무 가지를 보게 되었고, 그 가지를 잘라 공터에 심었기 때문이다. 지나는 길에 '이름을 아는 나무'가 눈에 띄었다는 것. 그것이 무궁화 거리의 연원이었다고 밝히는 홍, 그리고 인수를 통해 작가가 말하고자 하는 것은 '아는 것, 익숙한 것'이 갖는 정념의 힘과 거기에 깃든 절대적 시간일 것이다. 즉 조국애, 가족애, 우정, 사랑, 그리움 같은 추상적인 관념이나 정념은 한낱 이데올로기가 아니라 우리의 육체 어딘가에 새겨진 체험의 결과인 것이다.

「마저럼」과 「종이 호랑이」에는 종이를 습관적으로 찢는 인물이 등장한다. 「마저럼」에서 평범한 삼십 대 회사 직원인 수용은 대학 동창인 진서를 만나게 되고, 만날 때마다 삼십 만 원의 생활비를 강탈당하다시피 한다. 그런데 알고 보니 진서는 『세상의 모든 냄새』라는 책을 쓴 뉴욕의 냄새 감별사로 이미 유명 인사였던 것. 다시 뉴욕으로 떠나는 진서를 만난 수용은 진서가 지독한 실연을 당한 이후 자신의 고유한 맛과 감각에 대한 갈망을 느꼈다는 것, 그리고 샌드위치 가게에서 일하다가 냄새를 개발하는 회사에 들어가게 되었다는 것을 알게 된다. 「종이 호랑이」에서 출판사에서 근무하는 '김'은 낙선작들을 읽으며 '호랑이'라는 글자를 찾아 헤맨다. 종이를 찢는 행위, 그리고 김이 지향하는 '호랑이를 삼킨 종이'란 한낱 종이에 불과한 글이 아닌 진정성과 강력한 힘을 지닌 문학에 대한 메타포일 것이다. 「마저럼」에서 '그 사람만을 위한 냄새'를 추구하는 진서, 그리고 '호랑이를 삼킨 종이'를 추구하는 '김'은 모두 이러한 열망을 가진 작가들의 분신들이라 할 수 있다.

조선수의 정지된 듯 천천히 움직이는 소설은 마치 '풀이 있던 풍경'과 같은 제목을 떠올리게 한다. 그녀의 소설에는 풀, 종이, 구두, 마저럼, 주상복합아파트, 손톱 같은 사물들이 인상 깊게 새겨져 있을 뿐 아니라 인물 또한 '유리문진' '녹색' '킬러' '(칼)로리' '포스트잇'과 같은 별명으로 호명된다. 이러한 명명은 '유리처럼 깨지기 쉽고 문진처럼 무겁게 가벼운 것을 누르는' 편집장의 성격, 다이어트 강박에 걸려 음식의 칼로리를 거의 꿰고 있는 이 대리의 성격을 보여주기 위한 것이지만 숫자와 디지털의 감각 속에서 사물화되어가는 현대인의 운명을 함축하고 있는 것이기도 하다.

주상복합아파트, 쇼핑몰, 이국의 교도소와 광장, 사무실 구석에는 드라이플라워처럼 서서히 물화되는 존재들, 그리고 그 곁에 더 생생한 실체로 나타났다가 사라지는 풀과 무궁화, 고양이, 개의 냄새와 감각들. 조선수의 예민한 감각과 집요한 시선은 우리가 보지 못한 숨은 존재를 파헤쳐

분명한 실감으로 제시한다. 현실의 문제적 장면을 포착하여 감각적으로 형상함으로써 독자들의 시선을 '일상의 이면'으로 향하게 하는 조선수의 힘찬 필치가 첫 번째 창작집과 더불어 더욱 전진할 수 있기를 고대한다.

작가의 말

엉겅퀴, 고양이, 마저럼, 낙선작, 파나마모자, 냅킨, 구두 등 만질 수 있는 것들과 정성, 불면, 중독, 다짐, 의구, 시수Sisu, 맛 등 이루 헤아릴 수 없는 요소들이 다 함께 제레나폴리스를 지었다. 이십사 시간 입주 가능한 수제 집.

이 집을 보는 분들이 즐거워하는 가운데 문득 슬퍼지면 좋겠다. 아직 종이에 벤 손끝이 아리아리하다.

슬픔은 왕왕
기쁨을 초래한다.

제레나폴리스를 꾸리는 동안 많은 손길을 받았다. 마스크를 쓴 나를 척 알아본 분들. 일일이 호명하는 대신 그저 속삭인다. "감사합니다!"

솔 분들에게 심심한 감사드린다.

2021년 1월
마포중앙도서관 집필실에서
조선수

「Pull」 『영화가 있는 문학의오늘 』 2019년 봄호
　　　　(발표 당시 제목은 'Pull 풀')

「제레나폴리스」 『한국일보』 2016년 신춘문예

「마저럼」 『문예바다』 2017년 봄호
　　　　(발표 당시 제목은 '설탕이 떨어졌다')

「종이 호랑이」 『영화가 있는 문학의오늘』 2020년 여름호
　　　　(발표 당시 제목은 '낙선작 읽는 남자')

「아는 사람은 언제나 보이잖아요」 미발표

「손톱」 『한국소설』 2019년 1월호
　　　　(발표 당시 제목은 '냅킨')

「파두츠의 구두장이」 『한국소설』 2016년 9월호

제
레
나
폴
리
스

1판 1쇄 발행	2021년 2월 22일
1판 2쇄 발행	2021년 3월 22일

지은이	조선수
펴낸이	임양묵
펴낸곳	솔출판사

편집장	윤진희
편집	최찬미, 윤정빈
디자인	오주희
마케팅	이원지
제작관리	박정윤

주소	서울시 마포구 와우산로29가길 80(서교동)
전화	02-332-1526
팩스	02-332-1529
홈페이지	www.solbook.co.kr
이메일	solbook@solbook.co.kr
출판등록	1990년 9월 15일 제10-420호

ISBN   979-11-6020-149-9   (03810)

· 잘못된 책은 구입한 곳에서 바꿔드립니다.
· 책값은 뒤표지에 표시되어 있습니다.

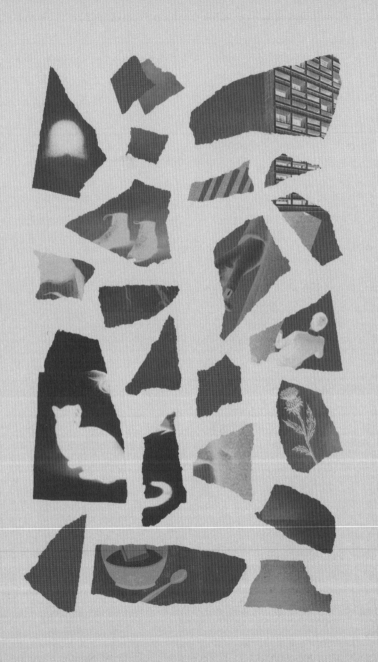